Sarah Briand

LES PÉPINS DE GRENADE

Fayard

Couverture : © Jeanne de Nîmes
La citation page 183 est extraite de la chanson « Immortels »,
paroles et musique : Dominique A.
ISBN : 978-2-213-72174-3
Dépôt légal : mai 2022

« Écrire, c'est aussi ne pas parler.
C'est se taire. C'est hurler sans bruit. »

Marguerite DURAS, *Écrire*

1

Les pépins de grenade ont glissé en une fraction de seconde sur sa robe blanche, au moment où son index a tenté d'extraire les gemmes rubis de l'écorce. Dans un giclement, la pulpe rouge a suffisamment effleuré le lin pour le teinter de sang. Salomé jette un regard circulaire sur le visage des trois voyageurs qui l'entourent dans ce wagon bondé, espérant que son geste a échappé à leurs regards experts.

Pour détourner l'attention, elle demande à la jeune femme qui lui fait face à quel arrêt descendre afin de visiter Carthage. Entre Tunis et La Marsa, en passant par Sidi Bou Saïd, le trajet en train n'est pas long, mais l'itinéraire inscrit en français et en arabe au-dessus de la porte indique quatre stations du même nom pour le site antique. Salomé est la seule étrangère dans le compartiment. Les récents attentats qui ont frappé la Tunisie après les soulèvements du Printemps arabe et la chute du président Ben Ali ont eu raison des touristes. Elle imagine la vie de cette jeune femme brune, aux cheveux longs et libres, qui, compte tenu de l'heure matinale, semble se rendre à son travail. Elle observe l'élégance de ses ongles manucurés quand celle-ci lui répond, hésitante, mais dans un français parfait, qu'il faut descendre au deuxième arrêt.

Le train avance de façon nonchalante. Il a maintenant dépassé La Goulette.

« *O'scout*[1] ! »

Son voisin, un homme plus âgé, lui coupe la parole d'un ton sec en arabe, de sorte qu'elle, l'étrangère, ne puisse le comprendre. Tandis que ses voisins se disputent à son sujet, la vieille dame assise à sa gauche n'a pas ouvert la bouche. Elle frotte nerveusement ses mains teintées de henné. La conversation semble avoir dévié vers d'autres considérations. La jeune femme hausse le ton. Passablement agacée, elle répète son choix alors que son voisin la contredit en ordonnant de descendre à la première gare, autrement dit immédiatement.

1. « Tais-toi ! »

Qui croire ?

Salomé préfère patienter.

*

Carthage. Salomé est la seule à franchir le marchepied. Éblouie par le soleil, qui, le temps du trajet, a considérablement réchauffé l'air, elle n'aperçoit pour toute présence humaine qu'un chat se frottant au mur blanc de la petite gare peinte à la chaux. Des bougainvilliers débordent de part et d'autre. Si elle voulait à cet instant prendre une photo, celle-ci serait le parfait cliché d'un Maghreb qui n'existe plus que dans les brochures d'agences de voyages pour croisières surpeuplées. Elle en imagine le titre : « Tunisie, la perle de la Méditerranée ».

Rien à l'horizon. Pas une pierre. Pas un fragment de colonne romaine. Encore moins le début d'un théâtre antique. Seule une guérite se dresse à proximité du quai, de laquelle émerge un homme somnolant après sa sieste. La vue de sa robe tachée de grenade a dû l'effrayer : il ne peut détacher ses yeux de ce qu'il pense être du sang. Et pendant qu'elle lui demande où se trouvent les ruines de Carthage, en mélangeant deux mots d'arabe et trois de français, il glisse discrètement sa main sur l'arme qu'il tient accrochée dans son dos. Une fois rassuré, il lui explique que le site est à environ un kilomètre. Ici, c'est la ville moderne. Salomé n'a que deux solutions. S'y rendre à pied en suivant la route, sous plus de 38 °C. Ou reprendre le train en sens inverse. C'est ce qu'il lui conseille. Personne ne marche sous cette canicule. « À part les touristes », dit-il dans un éclat de rire nerveux qui laisse entrevoir un peu de moquerie.

Salomé retourne sur le quai. Elle n'aurait pas dû écouter la jeune fille du train. Combien de fois n'a-t-elle pas demandé son chemin à des gens qui vivaient à deux cents mètres d'un lieu mondialement connu sans le savoir ? Elle-même n'est jamais montée en haut de la tour Eiffel, alors qu'elle vit à Paris depuis quinze ans.

Le train entre en gare après cinq minutes d'attente à peine sous un soleil brûlant et elle sent déjà des perles de sueur glisser le long de son dos comme des grains s'écoulent dans un sablier. Il n'y a qu'un arrêt jusqu'au site antique de Carthage, mais Salomé a besoin de s'asseoir. Elle avance machinalement vers la première place libre qui se présente dans un compartiment de quatre sièges. S'installe en prenant soin de cacher les taches de sa robe avec son sac à main. Et s'immobilise.

Elle le voit qui l'observe, plante ses yeux dans les siens. Elle ne peut détacher son regard de cet homme. Hypnotisée. Elle ne distingue plus rien de précis, ne pourrait donner aucun détail si on lui demandait de le décrire. C'est une vision d'ensemble qui l'absorbe. Un homme assez jeune. Étranger. Athlétique. C'est bien plus tard, dans la nuit de sa chambre d'hôtel, lorsqu'elle tentera de se remémorer cette rencontre, plan par plan, comme elle séquencerait un film de cinéma, qu'elle visualisera son tee-shirt aubergine, son bermuda, ses baskets sombres et son sac à dos noir. La tenue parfaite d'un touriste anglo-saxon. Le regard vif. Les muscles du bras qui se tendent lorsqu'il met ses lunettes de soleil. Des yeux clairs et un début de calvitie qui contraste avec son âge, mais lui donne un faux air de prince britannique.

Le train s'arrête et Salomé ne bouge pas. Le voilà qui se lève, elle le suit. C'est l'arrêt où elle doit descendre elle aussi, mais elle ne distingue plus rien autour d'elle à part ses pieds. Elle met ses pas dans les siens. Et avance jusqu'à ce que le soleil l'éblouisse à nouveau, déposant un filtre cuivré entre elle et le reste du monde.

Salomé se retrouve sur une ligne de crête. À sa droite, une côte qu'elle n'a pas le courage de grimper par cette chaleur. À sa gauche, une route qui dévale jusqu'à la mer. Elle est tentée de l'emprunter, mais pense au fait qu'elle devra la remonter aussitôt si jamais le site n'est pas en contrebas. Quelle idée d'être partie sans plan ni indication aucune. Et en même temps, c'était le but. Se laisser porter. Partir sans repères avec une seule indication en tête, un nom, Carthage, qui sonne comme un voyage dans le temps.

Dès qu'elle avait reçu cette invitation de l'ambassade de France à venir donner une conférence à Tunis, Salomé avait décidé qu'elle s'échapperait coûte que coûte quelques heures pour visiter ce site dont les images avaient accompagné ses études et ses cours de latin et de grec ancien. Ce matin, alors qu'elle disposait d'une journée libre avant de rentrer à Paris, elle avait tout de même hésité à partir seule en dehors de la capitale. Elle avait demandé quelques renseignements à son hôtel. La jeune réceptionniste lui avait conseillé de prendre le petit train à la gare qui était à deux cents mètres. La promesse d'un ailleurs était donc juste au bout de l'avenue Bourguiba.

Le filtre s'est effacé. Son champ de vision est devenu net. L'étranger est toujours là, de dos, juste devant elle. C'est à cet instant qu'elle a su qu'elle pourrait le suivre au bout du monde. Les coups de foudre ne tiennent souvent qu'à un geste. Une mèche de cheveux qu'on relève, des sourcils qui se froncent, un mouvement d'épaules qui rassure.

Salomé l'observe un moment. Il est plus grand qu'elle. Son dos est fin et musclé. Il déploie ses bras pour que son téléphone capte le réseau local jusqu'à afficher l'itinéraire sur son écran. Les quelques secondes qui se sont écoulées ont suffi à disperser les voyageurs descendus au même arrêt. Il n'y a plus personne d'autre devant la gare. Et alors qu'il se met en route, elle l'interpelle :

« Excusez-moi. Savez-vous où se trouve l'entrée du site ? »

Elle ne sait pas pourquoi elle lui a posé la question en français. Il fait volte-face.

« Hi! Do you speak English?

– Yes, of course!

– Sorry, I was wondering if you know where the site entrance is.

– Sure! This way. My name is Andrew by the way. I'm American, lui dit-il en lui tendant la main dans un élan chaleureux.

– Hi! I'm Salomé. I'm French. Nice to meet you », lui répond-elle en tendant sa paume.

C'est ainsi qu'ils se sont retrouvés à marcher côte à côte le long de la route, manquant de se faire renverser à tout moment par un camion trop chargé. Et c'est ainsi qu'ils arrivèrent devant des colonnes éparses, maigres indices témoignant de la proximité d'un site antique.

Salomé respire. C'est Carthage. Enfin. La terre ocre. Les colonnades. Des chapiteaux. Des herbes folles. Des palmiers. Et puis la mer, à perte de vue. Ils sont seuls au monde et marchent en silence. Leurs bras s'effleurent quand ils se penchent au-dessus d'un mur de pierres. Elle sent son souffle dans son cou lorsqu'ils montent l'un derrière l'autre, marche après marche, tout en haut du théâtre antique pour admirer le panorama. La mer encore. C'est face à elle qu'ils dévoilent le fil de leurs existences. Comme si les mots, une fois prononcés, pouvaient s'échapper avec le vent. Comme si là-haut, au-dessus des vestiges, tout dire à un inconnu ne laissait pas de trace. Ce qu'elle n'aurait peut-être pas fait à Paris, elle le dit à Carthage.

Elle raconte sa passion pour l'Antiquité depuis ses cours de grec ancien au lycée, son enfance hors du temps dans le sud de la France, ses études de journalisme et le rythme effréné de son travail dans une chaîne de télévision à Paris. Son admiration pour Simone Veil, qui a fait peu de temps auparavant son entrée au Panthéon à Paris. C'est cette icône française qui l'a conduite ici en Tunisie après le documentaire qu'elle lui a consacré. Salomé est venue donner une conférence sur cette grande dame devant des Français expatriés, mais aussi et surtout des Tunisiennes qui ont bénéficié de la loi légalisant l'avortement bien avant la France. C'était en 1973, sur décision de l'ancien président Bourguiba. Elle a aimé échanger avec ces femmes libres et indépendantes, qui pour la plupart travaillent, et qui ont peur, aujourd'hui, de voir leurs droits se réduire avec l'arrivée au pouvoir de partis islamistes. Elle raconte à Andrew ces rencontres qui l'enrichissent de voyage en voyage. Jusqu'à ce moment dans les ruines de Carthage qui pour elle est une respiration. Un parfum de liberté. Salomé mesure sa chance.

Puis c'est à son tour de parler et à elle de l'écouter. Elle entend d'abord son accent américain et cette voix grave qui contraste avec son âge. Andrew a trente-deux ans. Huit de moins qu'elle. Il raconte dans le désordre sa naissance et son enfance au Texas dans une famille modeste. Sa passion pour l'Antiquité, qui remonte pour lui aussi au temps du lycée, et son engagement dans l'armée afin de rembourser le prêt alloué pour ses études à l'université. Une première mission en Afghanistan. Puis une deuxième en Irak. Le retour aux États-Unis, avec le sentiment du devoir pour la patrie accompli. Le refus d'un poste haut placé dans l'administration Trump – puisqu'il n'a pas voté en sa faveur. Son temps partagé entre un emploi de fonctionnaire dans un ministère à Washington et l'armée qu'il n'a pas quittée. Elle lui verse un salaire important chaque mois. En échange de quoi il continue à s'entraîner. Pour être disponible. Au cas où.

Leur marche s'est adaptée au rythme de leur dialogue. Carthage n'est plus qu'un décor et les ruines un prétexte pour prolonger leur conversation. Ils se mettent en quête de l'amphithéâtre et du cirque, avant de comprendre que la cité antique est dispersée sur autant de sites que les vestiges révèlent de périodes. Carthage est à la fois africaine, croisée, punique, et surtout phénicienne. Sans poser de mots sur leurs gestes, ils se dirigent ensemble vers la sortie, comme si leurs corps étaient aimantés, mais sans que nulle force cherche à les séparer. Ils négocient un taxi. Prononcent chacun quelques mots d'arabe. Elle est surprise qu'il sache s'exprimer dans cette langue. Lui pense que c'est un autre point commun entre eux. Plus tard, elle se dira que c'est à ce moment précis qu'elle aurait dû avoir un premier doute.

Leur déception envers les autres sites est proportionnelle à l'intérêt qu'ils éprouvent l'un envers l'autre. Alors ils retournent au point de départ, près de l'entrée. Ils laissent derrière eux la mémoire d'un pays et d'un peuple pour se tourner vers un point à l'horizon.

Salomé lui demande de la prendre en photo face à la mer, sous les arcades de pierre blanche. Elle n'ose pas l'inviter à poser à son côté. Elle éprouve un regret de ne pouvoir capturer ce visage sur le flux numérique de sa vie en images. Mais elle sait déjà qu'elle pensera à lui chaque fois qu'elle regardera cette photo dans la galerie de son téléphone. Sa robe virevoltant au gré des rafales de vent. Ce cliché sera différent des autres. Son regard sera traversé par une lumière et la sensation de vivre une journée unique dont elle se souviendra avec nostalgie. Avec pour seul souhait que jamais ce moment ne s'arrête. Une photo n'a qu'un but, fixer un instant et le faire revivre infiniment.

Salomé a à peine le temps de se demander quand leurs chemins vont se séparer qu'elle reçoit l'appel d'un ami installé en Tunisie. Il lui propose de boire un thé dans le port de La Goulette. Comment refuser une telle invitation ? Il peut venir la chercher sur le parking où elle se trouve, mais elle n'a pas le temps de lui expliquer qu'elle est accompagnée d'un inconnu qu'elle vient de rencontrer. À quoi bon, puisque Andrew décline l'invitation. L'heure a passé et il doit rejoindre l'amie qui l'héberge à La Marsa, tout au bout de la ligne de train. Mais il suggère à Salomé de se revoir au port de Sidi Bou Saïd, en début de soirée.

Tout est fait pour que leurs chemins se croisent à nouveau : c'est justement à Sidi Bou Saïd qu'elle a rendez-vous pour dîner chez des amis français. Elle n'y a jamais mis les pieds, mais il faut bien un point de rencontre. Elle s'amuse à lui donner le nom d'un café rendu célèbre par un chanteur dont il n'a, c'est certain, jamais entendu parler.

« Do you know le café des Délices?

– No, but I will find it.

– Very well-known in France because of a French artist, Patrick Bruel. A famous singer. Remember his name : Pa-trick Bru-el. »

Ils échangent leurs coordonnées. Il teste l'appel sur WhatsApp. Sans doute son esprit militaire qui fait surface. Ou la crainte qu'elle lui ait donné un faux numéro. Un sourire s'esquisse sur son visage.

*

Sur la petite table de ce café en bordure de La Goulette, les heures défilent aussi vite que les verres de thé. Le premier est saupoudré de pignons de pin, le deuxième d'amandes fraîches, le troisième est servi avec d'autres pignons. Il n'y a pas d'alcool dans les verres, mais elle ne se souvient plus à quoi était le sixième. Salomé est heureuse de retrouver son ancien collègue. C'est en entendant siffler la fin du match de foot sur les écrans tonitruants qu'elle se rend soudain compte qu'elle est très en retard. D'autant qu'avant son rendez-vous elle doit rentrer se changer à Tunis. Elle ne peut arriver à la soirée avec sa robe tachée de grenade.

Vite, embrasser son ami qui a quitté un emploi du temps parisien surchargé et éreintant pour retrouver son pays d'enfance et les plaisirs d'une vie au bord de la mer. Il tient à lui présenter sa fiancée, députée élue de la nouvelle Assemblée. Ce soir, promis, après leurs dîners respectifs, autour d'un narguilé. La Tunisie lui rappelle alors ces pays d'Orient et ces nuits où les heures se confondent, où on prend le temps de vivre tout simplement.

Vite, se faufiler dans cette foule qui ne rate pas un match de Coupe du monde pour rejoindre le quai de la gare de La Goulette, reprendre le train, arriver à Tunis, longer à pied la grande avenue qui mène à son hôtel, prendre une douche glacée, enfiler une robe noire plus habillée, s'enduire les jambes d'huile parfumée, mettre dans son sac une boîte de macarons achetée en vitesse à l'aéroport et repartir dans l'autre sens. En train. La Goulette. Carthage. Puis Sidi Bou

Saïd. Tout cela en ne pensant qu'à une chose. Le retrouver.

Salomé a envoyé plusieurs messages pour prévenir Andrew de son retard. Trente minutes, puis une heure. Ses sandales plates glissent sur la pierre. Sur cette terre ocre qui infiltre tout. Elle trouve facilement l'entrée du café des Délices. S'avance. Respire à pleins poumons. Et comprend pourquoi ce lieu est devenu un repaire pour touristes. Sur le point de regretter son choix, elle se laisse subjuguer par la vue. Les banquettes de coussins et tapis colorés dévalent jusqu'à la mer en contrebas. Les terrasses blanches se couvrent d'un reflet mordoré au coucher du soleil. L'odeur de menthe lui donne le vertige. Ses pupilles scrutent les visages et les dos. Elle descend les marches doucement sans baisser la tête. Elle veut le voir avant qu'il ne la voie, c'est la règle d'un premier rendez-vous. Les minutes passent. Le réseau, lui, ne passe plus. Elle retourne à l'entrée du café. Un bip lui annonce qu'il ne viendra pas. Il ne viendra plus. Il est déjà venu, l'a attendue et est reparti.

Salomé erre devant les étals de souvenirs. Elle ne répond pas aux vendeurs qui l'interpellent. Au milieu d'un souk bondé, elle comprend pourquoi elle préfère le Proche-Orient au Maghreb.

Là-bas, le tourisme n'a pas tout dénaturé, les conflits successifs tout effacé. Andrew a peut-être pensé qu'elle lui avait posé un lapin. Salomé ne le reverra sans doute jamais : elle rentre en France le lendemain matin.

2

Douze adolescents et leur entraîneur coincés dans une grotte depuis quinze jours en Thaïlande ; Bachar el-Assad qui remporte une nouvelle bataille en Syrie, à Deraa, ville berceau de la contestation au début de la révolution ; les Bleus qui s'apprêtent à affronter la Belgique à la Coupe du monde de foot ; l'apparition de nappes d'eau orangées sur le littoral du Finistère sud, causées par la prolifération du phytoplancton ; le grand oral du président de la République devant le Congrès à Versailles, et enfin un reportage sur la Légion étrangère. Le rédacteur en chef met ce dernier sujet de côté, le défilé du 14-Juillet n'a lieu que dans quelques jours, il n'y a aucune urgence à diffuser ce reportage dans le journal de 20 heures. Le chef du service étranger avance son argument : les sujets militaires sont nombreux, autant commencer à les diffuser bien avant le jour J. Trois par week-end. Pendant deux semaines.

« Oui, mais la guerre, c'est anxiogène », lui répond le rédacteur en chef en levant les yeux vers les écrans qui crachent par flashes l'actu des chaînes d'info en continu.

À cet instant, CNN diffuse un reportage en Irak avec un reporter, casque militaire vissé sur la tête.

Pendant la conférence de rédaction, les chefs de service ont parlé à tour de rôle. Vient le moment de construire le conducteur et de choisir l'ordre des titres ainsi que l'ouverture du journal. Méthodiquement, Salomé recueille les dernières dépêches de l'Agence France-Presse pour le présentateur. Ne manque que quelques articles de presse à imprimer et elle sera prête à entamer le compte à rebours jusqu'à 19 h 53, heure à laquelle ils prennent tous les soirs l'ascenseur pour descendre sur le plateau. Elle n'est pas devant la caméra, mais elle a, elle aussi, dû apprendre à gérer le stress. Garder son sang-froid quand une information capitale tombe en plein direct, être prête à rédiger quelques lignes même si elle n'a que trente secondes pour le faire. Et chaque mot compte. Plus de cinq millions de téléspectateurs s'installent chaque soir au même moment devant leur écran.

« Explosion en Tunisie. »

L'« urgent » vient de tomber. Une seule ligne surmontée d'un bandeau rouge et un lieu qu'elle ne connaît pas dans le sud du pays. Elle prend machinalement son téléphone pour envoyer un message à Andrew. Depuis son retour en France quatre jours plus tôt, elle a échangé plusieurs fois avec lui, chaque soir ou presque. La veille, il souhaitait louer une voiture pour explorer le sud de la Tunisie. Mais elle ne sait pas exactement où. Elle lui envoie un message sur son portable dans un anglais basique, pour être sûre que son message soit clair. Elle se surprend à s'inquiéter pour lui alors qu'elle le connaît à peine. Ils ont passé une seule journée ensemble et leurs échanges, depuis, ne sont officiellement qu'amicaux.

Quinze minutes plus tard, son message n'a toujours pas été lu. Elle le sait, car le symbole d'une confirmation de lecture reste transparent.

Il est l'heure de descendre sur le plateau. Le générique de début du journal résonne. Les reportages s'enchaînent. Les reporters décryptent les dernières infos en duplex. Le programme de la soirée est annoncé. Le présentateur, Salomé et une partie de l'équipe de la régie remontent dans les bureaux. Le débriefing en conférence de rédaction commence. Puis ils évoquent les sujets du lendemain.

Toujours pas de nouvelles d'Andrew. Salomé regarde toutes les heures le message qu'elle lui a envoyé, dans l'espoir de voir le symbole de lecture enfin teinté de bleu.

Le dimanche est un jour sans fin. L'explosion ne fait pas les gros titres des journaux télévisés, elle est à peine mentionnée sur les bandeaux des chaînes info. Salomé s'est informée, elle a lu ce qu'elle pouvait trouver sur les faits. Une bombe artisanale a frappé des soldats sur une base militaire. Il n'y a pas de civil blessé ou tué. Elle est rassurée. Andrew se situe très certainement dans une zone sans réseau. Jusqu'à ce que son nom s'affiche sur son téléphone. Avec ces mots en anglais qui ne font en rien mention de l'incident :

« Tomorrow, 5.55 pm, I will be at Orly Airport. »

Son premier réflexe est de reposer son téléphone face contre table. Salomé entend son cœur battre dans sa poitrine, laisse passer quelques minutes pour intégrer ce qu'elle vient de lire. Et rédige un message dans lequel elle lui demande les raisons d'un séjour soudain à Paris. Il répond, en français :

« Pour trois raisons. »

Puis plus rien.

Salomé se fige. Elle attend impatiemment la suite.

Andrew reprend le fil, une phrase par ligne :

« Pour te voir.

« Pour te voir.

« Pour te voir. »

Andrew est un prénom, une silhouette, un jeune homme dont Salomé se demande encore s'il a bien existé tant leur rencontre était fugace et évanescente. Et maintenant qu'il fait irruption dans son réel parisien, ces deux mondes s'entrechoquent. Elle ne sait que répondre.

Le lendemain, Salomé prend pourtant la direction d'Orly. Avec l'impression d'être l'héroïne d'une comédie romantique. Le film commencerait par des retrouvailles en plan-séquence dans un aéroport. Et la suite confirme une impression dont elle ne sait si elle est agréable ou si elle sonne faux. Un avion en retard à cause d'un problème technique. Elle imagine le pire, un crash. L'attente est interminable, elle fait les cent pas dans le hall des arrivées. Les premiers passagers en provenance de Tunis. Enfin lui. Son regard. Ses yeux qui sourient. Ses bras qui se tendent.

Une étreinte qui dure une éternité. Un baiser sur son front. Et tout de suite une conversation à bâtons rompus. Salomé enchaîne les phrases pour combler les silences.

Elle ne sait plus quel trajet elle a emprunté jusqu'au hall des arrivées ni où elle a garé sa voiture. Elle sait seulement qu'il faisait déjà nuit lorsqu'ils se sont assis en terrasse du café Marly, côte à côte, presque épaule contre épaule, aux premières loges d'un spectacle dont aucun Parisien jamais ne se lasse, la vue de la pyramide du Louvre illuminée.

Un verre de vin rouge à la main, elle n'en revient pas qu'Andrew soit là, à sa droite, bien réel, alors qu'elle n'avait jamais imaginé qu'elle le reverrait un jour, même si elle l'avait inconsciemment désiré. La vie réserve de drôles de surprises. Encore faut-il avoir la chance d'y croiser des êtres épris d'audace et de liberté.

À son tour de le prendre en photo. À Carthage, c'est elle qui posait dans sa robe blanche face à la mer baignée de soleil. À Paris, c'est lui qui irradie la nuit. Un immense sourire aux lèvres. Ils marchent maintenant sans parler, autour des bassins. Il lui a pris la main. Cela la fait sourire, elle qui a toujours trouvé ce geste ridicule. Ils déambulent ainsi jusqu'à l'esplanade du Trocadéro. Autant compléter la visite touristique, se dit-elle. Un Américain à Paris doit s'imprégner de la Ville lumière. C'est face à la tour Eiffel qu'ils échangent leur premier baiser.

3

Huit heures de vol et autant d'heures de turbulences. Salomé a toujours eu peur de mourir dans un crash. Une peur qui l'empêche de dormir deux jours avant son départ et deux jours avant le retour. Si bien que, quand elle part en week-end de trois jours, elle est à peine arrivée qu'elle est déjà angoissée à l'idée de rentrer. Et pourtant, il n'y a que quand elle prend place dans un avion qu'elle éprouve un tel sentiment de liberté. Une façon de s'extraire de sa vie pour en vivre une autre dans laquelle tout est possible. C'est aussi un voyage vers l'inconnu, qui ne lui fait jamais peur, mais qu'elle est toujours impatiente de vivre. Pour sa folie et ses rencontres. Pour semer des moments éphémères qui tissent le fil de son existence. C'est forcément ceux-là qu'elle retient et c'est pour ceux-ci qu'elle vit. Le reste l'intéresse peu.

Salomé a pris son billet sur un coup de tête quelques minutes après qu'il lui a proposé de le rejoindre chez lui, aux États-Unis. Andrew venait tout juste de rentrer de son escapade parisienne. La France avait gagné la Coupe du monde de foot et il n'était plus là pour vivre l'événement. Elle gardait en tête les images de liesse de la demi-finale quelques jours plus tôt et le visage ébahi d'Andrew qui n'avait jamais vu une telle fête populaire. Ils avaient vécu le match comme des touristes en quête de clichés, devant un verre de vin et une planche de fromages sur la butte Montmartre, les télés diffusant l'événement dans toutes les rues. Après le dernier coup de sifflet et l'assurance de la victoire, ils avaient marché plusieurs kilomètres en direction de la place de la Bastille pour boire une bière, croisant des milliers de personnes sous les tirs de feux d'artifice, épuisés et heureux. Puis elle l'avait raccompagné à Orly quelques jours plus tard, là où elle était venue l'accueillir. Ils s'étaient embrassés sans rien se dire ni rien se promettre. Pas même de se revoir. Salomé en avait eu envie, elle avait pincé ses lèvres pour qu'aucun mot ne s'en échappe. Andrew avait repris son travail en plein été alors qu'elle commençait ses vacances. Elle n'avait rien prévu, il ne le savait pas. Il l'avait appelée. Il l'attendait.

Il fait nuit lorsqu'elle sort de l'aéroport international de Washington Dulles. Elle se dirige vers la file des taxis. Andrew ne viendra pas. Il est parti à Baltimore pour le week-end avec des amis à un festival de musique et ne doit rentrer qu'au petit matin. Au moment où elle récupère ses bagages, il assiste à un concert. Pourtant, elle se surprend à traîner le pas, au cas où il aurait eu l'idée de lui faire la surprise de l'attendre.

Salomé a voyagé dans plusieurs continents, mais elle n'a jamais mis les pieds aux États-Unis. À peine assise dans le taxi, ce qu'elle aperçoit est conforme à ce qu'elle imaginait. La démesure américaine, les avenues immenses et illuminées, le bruit strident des sirènes, et l'impression de pénétrer au cœur du pouvoir mondial. De l'empire romain contemporain.

L'hôtel qu'elle a réservé est situé au nord de Washington DC, dans la même rue que l'appartement d'Andrew. À deux cents mètres tout au plus. Un petit immeuble en briques où elle sait déjà qu'elle se sentira bien. Elle a à peine le temps d'ouvrir sa valise qu'il l'appelle et lui demande de descendre dans le hall. Il est en train de la rejoindre. Il a abrégé son week-end pour la retrouver. Il a bonne mine, la peau claire de son front et de ses bras a pris des coups de soleil dans la foule du festival réunie en plein air. Andrew a l'air d'un étudiant avec sa casquette portée à l'envers. À côté de lui, elle a l'impression d'avoir dix-sept ans.

Les jours suivants sont des moments suspendus. Des instants précieux de solitude et de liberté pendant lesquels elle parcourt des kilomètres à pied dans DC. Elle découvre le Musée national de l'histoire et de la culture afro-américaines, ou encore *Le Déjeuner des canotiers* à l'étage d'une maison en briques qui abrite la collection Phillips. Elle est restée près d'une heure assise, seule, face au tableau de Renoir qu'elle n'avait jamais imaginé si immense. Une inspiration créatrice pour ses projets de documentaires qu'elle prépare les jours de pluie à l'hôtel, face aux gouttes qui ruissellent sur le bow-window de sa chambre. Dans le reflet des vitres, elle se surprend à s'imaginer une vie dans cette ville.

Andrew la retrouve après son travail. Le premier soir, elle lui propose de partager sur le lit de sa chambre une coupe du champagne qu'elle a rapporté de Paris dans sa valise en prévision de leurs retrouvailles. Les jours suivants, il lui fait découvrir quelques lieux de cette capitale au premier abord sans âme, mais dans laquelle elle commence à se plaire. L'imposant mémorial de

Lincoln illuminé, les bars à glaces ouverts toute la nuit, les restaurants en sous-sol dans lesquels ils partagent leurs plats. Elle s'amuse des clichés et de cette impression d'être plongée dans un blockbuster américain quand, sur un *rooftop* face à la Maison-Blanche, un cocktail à la main, elle peut presque toucher du doigt l'hélicoptère présidentiel qui décolle face à eux.

Un jour, alors qu'elle a rejoint Paul et Clara, un couple d'amis français de passage aux États-Unis, elle propose de leur présenter Andrew autour d'un dîner. Elle est pressée de recueillir leur sentiment.

C'est Andrew qui a réservé le restaurant. Il a bon goût. Le lieu, tout en boiseries, est chaleureux, la cuisine délicieuse. Salomé découvre cet homme sous un autre jour. Andrew est sociable et très à l'aise. S'amuse à glisser un ou deux mots de français qu'il ne parle pourtant pas. S'intéresse à ses amis à elle, leur pose des questions et ne se met pas en avant. Il parle très peu de lui, jusqu'à éluder certaines questions sur son travail ou son passé. Elle avait déjà noté cela lors de son voyage à Paris, elle avait mis ce flou sur le compte de la barrière de la langue. Peut-être n'avait-elle pas tout compris aux fonctions qu'il occupait à la fois au ministère et dans l'armée. Alors qu'Andrew échange avec Paul, elle plaisante avec Clara. Elles pensent être incapables de se lever de la banquette au moment de partir tant leurs jambes les font souffrir. Elles ont marché plus de vingt-cinq kilomètres sur le bitume au cours de la journée sans même s'en rendre compte. Elles se remémorent les lieux visités et les ampoules soignées à leurs pieds. Le Capitole et la Cour suprême, où Paul, avocat au barreau de Paris, les a un peu forcées à aller avec une certaine fierté. Elles ne le regrettaient pas.

Ce soir-là, comme tous les soirs, elle dormira finalement dans le petit appartement d'Andrew. Le studio d'une résidence gardée qu'il a décoré d'objets rapportés de ses missions en Irak et en Afghanistan. Un petit tapis brodé orne le mur principal, un narguilé est posé sur le sol dans l'angle près de la baie vitrée. Rien de superflu. Un carnet de notes sur une table de nuit et la photo en noir et blanc d'une femme élégante dont le sourire rappelle celui d'Andrew. Alors que son regard s'est arrêté sur le cliché, il s'approche de Salomé et lui parle de sa mère, décédée d'un cancer lorsqu'il avait douze ans. Vingt ans sans elle. Dont près de dix à risquer sa vie sur des terrains de guerre en pensant à elle avant de partir en mission.

Pendant qu'Andrew passe derrière le bar lui servir un verre de vin, Salomé reçoit un message de Paul sur son téléphone. Lui et Clara remercient Andrew pour le choix du restaurant et ajoutent qu'ils l'ont beaucoup apprécié. Paul termine son message avec un aparté : il est surpris, après avoir longuement échangé avec lui au cours de la soirée, qu'Andrew ait autant de connaissances précises sur l'Iran, la Corée du Nord, ou encore sur le Proche-Orient et notamment Israël, un pays que Paul connaît bien pour y avoir vécu plusieurs années. Cela l'étonne, pour un jeune homme de trente-deux ans, et encore plus pour un Américain, bien qu'il ait beaucoup voyagé en tant que GI.

« À moins de travailler dans le renseignement », termine Paul avec un smiley.

4

C'est encore une belle journée d'été. Salomé traverse Washington à pied, longeant les *food trucks* qui diffusent des airs pop le long de l'avenue qui mène au Capitole. Elle aurait aimé découvrir cette ville sous le mandat de Barack Obama. Penser que Donald Trump est assis dans le Bureau ovale à quelques mètres de là, pressé de susciter un nouveau conflit mondial, lui donne des frissons. Elle l'imagine tel un enfant terrible en train d'appuyer sur un bouton pour éradiquer un pays sur la carte du monde comme on élimine un avatar dans un jeu vidéo.

Elle a rendez-vous avec Andrew pour déjeuner en bas de son bureau. Il ne veut pas rater un seul moment avec elle avant son départ. Pourtant, ils n'évoquent jamais son retour en

France et leur séparation physique. Salomé sait au fond d'elle que peu d'histoires résistent à la distance. Aura-t-elle envie de le revoir après ce séjour ? Certainement. Est-elle amoureuse ? Elle n'en sait rien. C'est une question que l'on se pose quand ce n'est justement plus le cas.

Andrew arrive à l'heure exacte. Pas une seule minute de retard. Cet homme à l'air emprunté dans son costume-cravate est si loin du trentenaire à l'allure sportive et décontractée qu'elle a côtoyé jusque-là. Pourtant, c'est ainsi qu'il apparaît chaque matin lorsqu'elle se réveille. Ses gestes sont précis lorsqu'il sort de la salle de bains et qu'il enfile sa veste, en commençant toujours par la même manche, lorsqu'il met sa montre en tirant d'un coup sec sur sa chemise et lorsqu'il vérifie une dernière fois son allure face au miroir. Ses deux ordinateurs glissés dans son sac, le zip de la fermeture donne le signal du départ. Ils empruntent alors ensemble l'ascenseur, marchent côte à côte sur quelques mètres avant que leurs chemins ne se séparent. Il l'enlace et l'embrasse, avant de prendre la première perpendiculaire qui le mène tout droit à son bureau. Elle continue vers son hôtel pour prolonger sa nuit. Il est à ce moment-là 5 h 12. Il ne lui a jamais demandé de partir en même temps que lui, bien au contraire. Elle peut rester toute la journée chez lui si elle le veut. Jamais un homme ne lui avait laissé les clés de son appartement aussi vite. Pourtant, elle ne le souhaite pas. Elle n'a aucune envie de rester seule dans ce studio dont les placards semblent remplis de secrets bien gardés derrière les tenues militaires.

Ils se sont installés sous la verrière Art déco d'un musée de peinture, situé près des grandes pelouses qui longent les immeubles de son bureau. Le soleil réchauffe leurs épaules. Ils ont commandé tous les deux un *avocado toast*. Il la regarde un long moment et lui propose de partir un week-end de trois jours à New York juste avant son départ. Il a déjà fait les réservations de train et d'hôtel et a même pris des places pour une comédie musicale. À près de quarante ans, elle n'a jamais mis les pieds dans cette ville magique et incontournable.

Salomé raccompagne ensuite Andrew au pied de l'immeuble ministériel qui abrite son bureau. Il s'enquiert de son programme de l'après-midi. Inquiet qu'elle s'ennuie, il lui suggère une idée de visite qui se trouve à proximité. Un musée qui devrait l'intéresser, le musée de l'Holocauste. Il sait que la Shoah est l'un des thèmes présents dans les documentaires qu'elle a réalisés. L'un des sujets qui la passionnent.

Le bâtiment en briques est immense. Assez austère. Surmonté d'une immense structure de poutres métalliques. La sobriété nécessaire pour faire ressortir l'émotion et parfois le malaise. Elle a dû se tromper de chemin, car elle entre par la boutique du musée. Ses yeux se portent immédiatement vers les livres disposés sur les présentoirs, et notamment sur un titre, *Sarah's Key*, le célèbre roman de Tatiana de Rosnay, *Elle s'appelait Sarah,* qu'est en train de feuilleter une étudiante à l'écart de son groupe. L'histoire d'une journaliste américaine installée à Paris qui enquête sur la rafle du Vél' d'Hiv' et se retrouve plongée dans les coulisses d'une histoire familiale passionnante et tragique. Le roman a été traduit dans le monde entier. Salomé l'a lu plus jeune et elle l'a beaucoup apprécié. Aussi a-t-elle envie de convaincre cette jeune fille qui semble hésiter à l'acheter. Mais celle-ci est déjà partie rejoindre son amoureux. Salomé rebrousse chemin et commence la visite. Il n'y a presque personne en ce début d'après-midi. Les touristes semblent avoir mieux à faire que de s'enfermer dans ce bâtiment par cette journée ensoleillée et de se plonger dans cette page si sombre de l'Histoire.

Qu'est-ce qui l'attire dans ce musée ? Que vient-elle chercher ? À Berlin, à Auschwitz, à

Paris au mémorial de la Shoah, à Amsterdam dans la maison où Anne Frank a été cachée, à travers les témoignages recueillis pour les documentaires qu'elle a réalisés, notamment sur Simone Veil, déportée alors qu'elle n'avait que seize ans et survivante de la barbarie nazie. Quelles réponses souhaite-t-elle, elle aussi, trouver ? Pourquoi a-t-elle eu besoin d'interroger et d'écouter ce que les survivants des camps d'extermination avaient à dire ?

Pourquoi Salomé a-t-elle encore besoin de se confronter à ce passé, à cette histoire collective et à ces destins individuels dont les photos tapissent les murs des couloirs et des salles de ce musée américain ? Ces visages ont un point commun, ils sont nés Juifs et ont vécu l'innommable. L'impensable.

Dans l'une des plus grandes salles du bâtiment, les noms de tous ceux qui ont été déportés – dans le monde entier – sont égrenés à voix haute dans un haut-parleur, convoi par convoi. Il y a ceux que l'Histoire a retenus. Parce que leur instinct de vie était sans doute plus fort que la mort. Ceux qui ont survécu et ceux qui ont disparu. Et puis il y a ceux qui ont changé le cours de l'existence de centaines d'autres, comme le pasteur français André Trocmé, qui, avec son épouse, Magda, a sauvé des milliers de Juifs dans le village protestant du Chambonsur-Lignon en Haute-Loire, en les faisant venir dans des centres de vacances. Une façon habile de les protéger. Il est le premier à prononcer un appel à la résistance spirituelle au nazisme dès 1940. Un grand panneau est consacré au couple qui recevra, ainsi que le village du Chambon, la médaille des « Justes parmi les nations ».

Elle connaît bien cette histoire et ce village qui jouxte les terres de son enfance ardéchoise. Elle est heureuse de voir les photos du pasteur et de sa femme, et puis leurs noms, ici, dans ce musée américain, sous le mot « France ». Elle en éprouve même une réelle fierté. Comme celle d'avoir grandi en Ardèche, d'avoir fait ses premiers apprentissages en pleine campagne. Et celle, enfin, d'être protestante. Cette foi qu'elle met quelquefois de côté se ravive soudain dans ce musée américain, entraînant avec elle les valeurs qui s'y rattachent et l'histoire de résistance qu'elle véhicule. De nombreux Ardéchois, protestants, ont caché des Juifs pendant la guerre. Parce que cela faisait partie des valeurs qu'ils défendaient. Et parce que le paysage du département permettait de se faire oublier au milieu des bois de châtaigniers.

Salomé scrute maintenant les noms des Justes classés par ordre alphabétique. Ses yeux font défiler la liste. Lentement. De haut en bas. Il est là.

André.
André Chave.
Juste parmi les nations.
Son aïeul.

5

Imaginez une ferme perdue au milieu des champs et des bois de châtaigniers, dans un département où vous n'avez peut-être jamais mis les pieds, l'Ardèche. Je suis né dans une famille comme il y en avait tant d'autres à la campagne, juste après la Première Guerre mondiale, vivant avec peu de moyens, se nourrissant des cultures alentour. On m'a donné le prénom d'André. Je suis le dernier de la fratrie, j'ai une sœur et un frère qui aident les parents aux travaux de la ferme tandis que moi, depuis que j'ai l'âge requis, je travaille un peu plus loin, dans un champ d'arbres fruitiers. Ma petite taille et mon agilité me permettent d'atteindre la cime des cerisiers et de cueillir les fruits qui font la fierté économique de la vallée de l'Eyrieux.

Une échelle plantée dans la rivière, je suis le seul à pouvoir atteindre les arbres à une telle hauteur. Les cerises et les pêches de vigne n'ont pas de secret pour moi. Elles sont exportées par voie ferrée jusqu'à Lyon, Saint-Étienne et même, dit-on, jusqu'aux Halles à Paris. Mais je ne suis bien sûr jamais monté à la capitale.

J'aime cette vie en pleine nature, surtout depuis que j'ai arrêté l'école communale. Je passais de toute façon plus de temps dans la cave que sur les bancs avec mes camarades, tellement j'étais « bourrique », c'est l'expression que criait l'instituteur à chaque fois qu'il me punissait.

Le quotidien s'adapte au rythme des saisons entre moissons, battages et journées consacrées à tuer le cochon. C'est un moment important dans la vie de la ferme, où les voisins viennent s'épauler et où les femmes cuisinent pendant des jours entiers. J'aime ces moments où on est tous ensemble, plusieurs générations confondues. Les anciens nous apprennent les gestes que nous transmettrons à notre tour aux enfants. Les provisions de chaque famille permettent de passer l'hiver. On parle en patois. C'est à pied que l'on se déplace jusqu'au prochain village, mais c'est en car que l'on rejoint la vallée du Rhône. Une véritable expédition.

Je n'y vais presque jamais, pour quoi faire de toute façon ? J'ai beaucoup trop de travail et, même si j'ai un moment de libre, je préfère rendre service, comme remonter un mur de pierres. Aucun chemin de terre ne m'est inconnu. Ça fait sourire mon frère, qui me demande de repérer les plus belles filles du canton. Ces paysages de châtaigniers et ces sentiers rocailleux qui ont un air de Corse sans la Méditerranée, j'y suis né. C'est à l'abri de ces montagnes que reposent mes ancêtres, des générations d'hommes de la terre. Je ne suis jamais allé plus loin.

C'est le premier jour du mois de septembre 1939, quand les premiers ordres de mobilisation sont affichés, que je comprends que quelque chose est en train de basculer. Casquette vissée sur ma tête et les sourcils froncés sur mes yeux bleu lavande – c'est comme ça que les décrit ma mère –, j'ai filé en courant au bout du hameau. J'ai entendu le roulement de tambour du garde champêtre. Il a soudain fait irruption devant moi, comme s'il sautait du fossé, sonnant le rassemblement avec son chapeau noir et sa veste d'un bleu nuit légèrement délavé. Je peux affirmer à ce moment-là que je me sens prêt à servir mon pays.

Mais qu'est-ce que je connais exactement de la guerre ? J'ai effectué mon service militaire comme tous les jeunes de mon âge, affecté à un poste d'infirmier brancardier. Venir en aide aux autres m'avait bien plu, je m'étais senti utile, une piqûre par-ci, un bandage par-là. La vie avait repris son cours, une vie plus solitaire que j'aimais tout autant.

Je me souviens, alors que j'étais tout petiot, des prisonniers allemands qui, pendant la Première Guerre mondiale, débarquaient dans les fermes comme ouvriers agricoles pour remplacer les hommes mobilisés. Ou encore du retour au village du père de l'un de mes copains d'enfance, en permission de Verdun. Cette visite m'avait marqué. L'homme revenait de la guerre, il avait dans les yeux les paysages de ces lieux dont on taisait le nom et la douleur de ceux qui, chaque jour, risquaient leur vie au front. Parce que la liberté était à ce prix. J'ai gardé en mémoire les boutons cuivrés et brillants de la capote de celui qu'on appelait « le Ferdinand ». Les mêmes boutons que ceux du garde champêtre qui se tient maintenant devant moi.

L'ordre de mobilisation est placardé. J'entends soudain les volets des maisons qui claquent. Chaque foyer ferme la porte au soleil. Le ciel vient de s'obscurcir pour quelques longues années.

Dans quelques heures, la guerre envahira nos vies.

6

Chaque kilomètre sur l'asphalte à ses côtés l'éloigne de lui. Chaque kilomètre englouti efface les mots qu'elle souhaite lui dire. Dès qu'une syllabe se forme et que ses lèvres s'animent, elle s'échappe comme une bulle de savon. Inaudible.

Une fois garés sur le parking de l'aéroport, Andrew aide Salomé à sortir sa valise du coffre de la voiture. Et l'enlace. Sans un mot.

Aucun d'eux ne souhaite figer ce moment comme un adieu. Pourtant, ils restent plus d'une minute le visage enfoui dans le cou de l'autre, avant que leurs lèvres ne se rejoignent. Une minute, c'est très court pour imaginer ce que l'autre pense, pour construire une phrase qui ait un sens, pour énoncer une suggestion, imaginer un souhait pour le futur, puis regarder l'heure et s'adresser un dernier regard.

Mais une minute, c'est aussi assez long pour revoir quelques images en accéléré du film qu'ils ont vécu en quelques jours ensemble. La vision de son dos quand ils sont descendus du train à Carthage, son sourire face à la mer, son accent quand il prononce son prénom, la première fois qu'il a attrapé sa main en marchant, la sensation de sa peau sur la sienne lorsqu'ils font l'amour, la crispation de ses muscles, son torse nu contre sa poitrine, sa bouche si douce qui embrasse ses seins, l'odeur de son parfum, la façon qu'il a d'accélérer le pas quand il la retrouve, le scintillement de ses yeux devant *La Nuit étoilée* de Van Gogh qu'elle lui a fait découvrir au MoMa de New York, ou tout simplement le son grave de sa voix. Cette voix qu'elle aimerait entendre à cet instant. Leurs adieux sont oculaires. Il ferme le coffre. Elle s'éloigne. Se retourne. Il est déjà dans sa voiture et lui envoie de dos un baiser par-dessus la portière de sa décapotable bleu marine. Il n'est plus qu'un point resté en suspension.

Salomé redécouvre Paris et sa lumière. Cette ville où elle n'a pas grandi, mais où elle a choisi de vivre lui paraît soudain nouvelle. Il en est toujours ainsi des lieux que l'on quitte. Le plaisir de les retrouver est décuplé, proportionnel au nombre de jours d'absence. Elle imagine le prochain séjour d'Andrew, les lieux qu'ils n'ont pas eu le temps de visiter ensemble et qu'elle lui fera découvrir, en attendant son prochain voyage à elle de l'autre côté de l'Atlantique. Puis la réalité la ramène sur terre, ils se connaissent à peine, ne vivent pas dans le même pays, elle ne sait rien de sa vie ou presque. La vie n'est pas un roman, les zones d'ombre arrivent plus vite que ne se tournent les pages.

Le lendemain de son retour, Salomé est en quête d'une autre histoire qui vient de faire surface et lui apparaît soudain comme une mission à accomplir : partir à la découverte d'André Chave, son aïeul, dont elle a effleuré le nom du bout des doigts, gravé sur un mur du musée de l'Holocauste en plein cœur de Washington DC.

Ce nom qui lui a transpercé le cœur comme une flèche et qu'elle entend, régulièrement chuchoté par sa mère, depuis son enfance. Ce nom qui est celui du héros de leur roman familial sans qu'elle connaisse véritablement son histoire. Sa mère ayant perdu très jeune ses parents, Salomé n'a jamais posé de questions, pressentant des secrets douloureux. Et lorsqu'elle avait essayé, elle s'était heurtée tantôt à un refus, tantôt à un sentiment de colère. Alors elle n'avait plus jamais osé évoquer le passé.

Encore ébranlée par le choc de ces deux espaces-temps qui se sont télescopés au cœur de Washington, Salomé appelle sa mère. André était son parrain.

Elle décroche au bout de trois sonneries avec un air affolé, pensant, compte tenu de l'heure matinale, que Salomé a quelque chose de grave à lui annoncer.

« En quelque sorte oui ! »

Salomé lui raconte qu'elle a croisé André. Ou plutôt son nom, inscrit sur un mur d'un musée à Washington. Depuis son retour en France, ce nom la hante. Silence. Salomé ose quelques questions. Elle voudrait que sa mère parle. Mais celle-ci lui avoue ne pas savoir grand-chose. Elle a bien essayé de l'amener à se confier sur ce qu'il avait vécu, mais il n'a jamais rien dit. Il n'a jamais raconté.

Salomé insiste. Mais elle comprend vite que sa mère ne lui dira rien de l'histoire d'André pendant la guerre. Elle tente alors de recueillir quelques éléments biographiques de cet homme que Salomé se souvient avoir croisé alors qu'elle était toute petite. Et les maigres descriptions distillées par sa mère complètent le puzzle : il était incapable de mettre des mots sur ce qu'il avait vécu. Pourtant, comme un signe, c'est bien un dictionnaire qu'il offrit à sa mère pour son entrée en sixième. Elle s'en souvient encore.

Sacré André. C'est maintenant qu'il n'est plus là que Salomé aimerait qu'il soit en vie pour lui poser une multitude de questions. Pourquoi est-il Juste parmi les nations ? Salomé a ouvert la boîte de Pandore. Elle souhaite maintenant des réponses aux questions qui s'illuminent dans sa tête comme des petits lampions les soirs d'été.

C'est ainsi qu'elle s'est retrouvée devant le mémorial de la Shoah à Paris. Salomé voulait voir de ses yeux son nom, comme pour vérifier qu'elle n'avait pas rêvé, quelques jours plus tôt, à des milliers de kilomètres de là. Elle n'a pas souhaité entrer dans le bâtiment. Elle connaît les lieux pour y avoir passé du temps pour ses recherches, notamment dans les rayons du service des archives, à consulter les documents qui surgissent du passé quand on s'y attend le moins. Quittance de loyer ou carte d'identité de ceux qui sont passés par les camps de Drancy ou d'Auschwitz. Elle aperçoit le mur des noms, à l'entrée, puis le dépasse pour contourner le musée et se poster face à un autre mur, celui des Justes. Pas de liste alphabétique, mais un classement par date d'obtention du titre. Sa mère avait évoqué l'année de sa naissance. 1979. André a été honoré au moment où elle est née. Une nouvelle naissance pour lui, dont il se serait bien passé. Il n'a jamais rien demandé. Il n'en voulait pas. Ce titre, ce sont les autres qui en font la demande pour vous. Il faut avoir réalisé quelque chose de grand.

Pour les autres et pour la France.

*

Salomé sort du métro tout près de la bibliothèque François-Mitterrand. En cette fin d'été, Paris a encore un air de vacances. Le soleil est à son zénith et le bâtiment renvoie quelques rayons sur l'esplanade, l'empêchant de voir les étudiants penchés sur leurs livres comme des chercheurs d'or. Elle aime marcher en observant les silhouettes derrière les fenêtres, que ce soit ici ou à la nuit tombée, quand elle lève les yeux vers les verrières des immeubles haussmanniens.

Elle imagine alors les couples qui se forment et se déforment, les solitudes noyées dans des écrans, ou sur de grands canapés clairs, dans les volutes d'une cigarette ou d'un verre de vin.

Alors qu'elle emprunte le quai François-Mauriac, elle s'étonne de croiser si peu de touristes. Les flâneurs sont des Parisiens qui profitent du temps qu'ils n'ont jamais, à vélo ou à pied. Elle descend quelques marches et se retrouve au bord de la Seine, plus que quelques pas et elle arrive à destination.

Son maillot une-pièce couleur lavande fait ressortir sa pâleur. Elle se fond dans l'eau. Une première longueur sur le dos, c'est son rituel pour observer le ciel et le défilé des nuages. Elle cherche souvent un sens aux formes qu'ils dessinent dans l'azur. La piscine Joséphine-Baker a été construite sur une barge, mais, même immobile, elle offre aux nageurs le sentiment de voguer sur la Seine. Salomé entame sa deuxième longueur sous l'eau pour atteindre ce moment qu'elle recherche, celui où le cerveau commence sa lente déconnexion.

Elle n'entend plus rien, à part le grondement sourd du clapotis de l'eau qui éclabousse le bord du bassin, et imagine la vie d'André. Sa mère lui a donné quelques clés. Mais c'est à Salomé de remonter le fil de l'histoire. De mettre des mots sur ce passé qui fait irruption dans son présent. Elle non plus n'a rien demandé. C'est Andrew qui l'a mise sur la piste d'André.

7

Depuis des heures, je traverse des forêts dont les arbres changent de visage. Les châtaigniers ont laissé la place à des pins, puis à des chênes, et enfin à des sapins et des hêtres. Nous nous rendons dans l'Est, nous a-t-on dit. Je ne suis jamais parti aussi loin de chez moi. Un sac beige sanglé à mes pieds pour tout bagage, reverrai-je un jour mon Ardèche, ses terrasses de pierre sur lesquelles mes ancêtres ont planté des cerisiers, ces champs de blé qui s'éloignent en même temps que le visage de ceux que j'aime ? Ceux de mes parents, de mon frère Armand et de ma sœur Lucie ? Et, surtout, celui de la jeune femme que j'aime ? J'ai vingt-six ans, mais je n'ai encore rien fait de ma vie.

Blanche a à peine vingt ans, elle vient de se fiancer. J'aurais aimé lui avouer mon amour avant de partir, mais je n'en ai pas eu le temps. J'ai pourtant bien prétexté une course à lui apporter, mais, lorsque j'ai frappé au carreau de la cuisine, sa mère, qui était en train de faire chauffer la soupe de poireaux, m'a dit sur un ton trop sec pour être honnête que Blanche était souffrante et qu'elle ne pouvait me répondre. Je n'ai pas insisté, même si, au fond, je savais que la vieille mentait. J'ai tourné les talons, je suis passé chez moi prendre mon baluchon et j'ai rejoint mon destin, le régiment des chasseurs alpins, le 159e régiment d'infanterie alpine, basé à Briançon, déjà loin de mon Ardèche natale.

S'engager a un sens, c'est ce qu'ont fait mes ancêtres avant moi. Comme l'ont toujours fait les protestants, au temps des dragonnades et des assemblées du désert. Résister, c'est parfois signer son arrêt de mort. Mais c'est surtout faire le choix de la liberté, quitte à en payer le prix fort. Alors l'amour attendra, même si ce rendez-vous manqué avec Blanche, avant mon départ, me brise le cœur. Aucun mot ne vient maintenant que j'y pense, mais mes yeux bleus s'emplissent de larmes qui, à chaque soubresaut du camion qui m'emporte vers les montagnes de l'Est, gouttent sur la manche de mon uniforme beige qui semble avoir été taillé dans le jute d'un sac de pommes de terre.

Nous sommes une quinzaine à nous tenir par les épaules, à chanter pour se donner du courage. Quinze solitudes en route vers la guerre. La seule chose qui me préoccupe, c'est cette paire de bottes trop grandes pour moi. Mal ajusté dans ce pantalon trop long pour mes jambes si courtes, je veux parier encore une fois sur mon agilité pour déjouer l'ennemi. À côté de moi sur la banquette, c'est Edmond, mon ami d'enfance. Nous sommes nés à un jour d'écart, nous avons tout connu ensemble. Et c'est ensemble que nous allons nous confronter aux « Boches », comme on les appelle. Dans ce camion bringuebalant dans un bruit strident, on se regarde tous les deux et on se jure de rentrer vivants. Puis Edmond me dit en baissant le ton de sa voix :

« André, je te rappelle aussi la promesse que j'ai faite à Blanche avant de partir : l'épouser à mon retour ! »

Mon meilleur ami est aussi celui qui a ravi le cœur de la femme que j'aime.

Nous en avons encore pour de longues heures, alors je préfère m'échapper dans les songes.

Ceux de la vie d'avant. Rien n'est plus apaisant que de me remémorer la peau transparente du visage de Blanche, ses cheveux blonds comme les épis de blé qu'on frotte contre ses paumes au moment des moissons. Et puis ses yeux qui me fixent quand je lui déclame des poèmes chaque fois que je passe devant chez elle, quelques vers que j'ai retenus de l'école primaire. Les pommettes de Blanche devenaient roses, elle ne répondait rien de peur que quiconque y trouve à redire.

Sur ces routes qui nous emmènent Dieu sait où, je rêve aussi de la vie d'après. Et si Edmond ne revenait pas de la guerre, que se passerait-il ? Loin de moi ces pensées, je ne souhaite la mort de personne, et surtout pas celle de mon meilleur ami. Toute ma vie devrai-je donc porter ce fardeau, ce poids des mots au fond de ma poitrine qui m'empêchera, à jamais, de regarder une autre femme ? Personne d'autre ne trouve grâce à mes yeux. Blanche est la seule à éclairer mon existence depuis toujours, tel un phare dans la nuit. Je sais qu'elle pensera à nous deux, à son fiancé Edmond, mais aussi à moi, j'en suis certain – à cette façon qu'elle a de me regarder –, dans le brouillard de l'enfer qui nous attend.

Nous sommes maintenant des centaines, rassemblés sous des tentes militaires. La guerre vient tout juste de commencer et c'est ici, dans les Ardennes, que nous allons tenter de surprendre l'ennemi. Pour cela, nous nous sommes entraînés pendant trois mois aux avant-postes des Alpes pour éprouver notre endurance au combat. Mais est-ce que cela suffira ? Je ne suis pas le seul Ardéchois à avoir été mobilisé, nous sommes plusieurs dizaines, repérés pour notre résistance et notre capacité, paraît-il, à marcher des heures en pleine nature et en altitude sur des chemins de terre. En cette fin d'année 1939, le froid atteint les vingt degrés en dessous de zéro. J'ai l'habitude de me lever avec la gelée blanche et de travailler les doigts gelés. Mais, pour ce qui est des combats, je ne sais pas à quoi m'attendre, je sais à peine me situer sur la carte de France. Je ne sais pas où nous sommes, rien ne m'est familier. Comme les cinq millions de jeunes Français à avoir été enrôlés, je sais simplement qu'on va devoir se battre face à un ennemi qui a déjà annexé une partie de la Pologne et qui prépare une offensive en France.

Les journées se ressemblent. Nous apprenons la patience et à développer une certaine acuité à l'affût. Entraînement, maniement de notre fusil, nous attendons les ordres de notre lieutenant-colonel. J'éprouve la faim et le froid. C'est ce qui me fait le plus souffrir. Notre régiment traverse des villes et des villages fantômes. Les civils ont été évacués dès l'entrée du pays dans la guerre. Tous ont fui, à pied, en voiture ou par le train, pour aller se réfugier dans le Sud. Il n'y a plus que nous, des centaines d'hommes prêts au combat, qui attendons un ennemi pour l'instant invisible. Les semaines passent sans nouvelles de Blanche, à part ce que m'en dit Edmond. Mais, à chaque mot prononcé, c'est une secousse tellurique qui ébranle mon cœur brisé.

Cette nuit-là, j'ai très mal dormi. Me doutais-je que l'armée allemande avait lancé sa première grande offensive en France, après avoir pénétré au petit matin en Hollande, en Belgique et au Luxembourg ? Ai-je senti le danger arriver comme l'odeur de la mort ? Toujours est-il que le colonel de notre régiment nous a donné l'ordre de nous replier à la hâte. Les Allemands ont réussi une percée dans les Ardennes et ont déjà détruit, en quelques heures, une soixantaine d'avions de l'armée de l'air française. Les vêtements sont pliés, les paquetages ficelés et les camions prêts à partir. Les hommes du « 15-9 », comme on les appelle entre nous, sont déplacés en hâte. De Ferrette, nous sommes transférés dans l'Aisne pour atteindre les abords de l'Ourcq. C'est ce qu'il y a de mieux à faire. Nous ne serons pas en première position. Nous devons avant tout consolider la défense. C'est là que nous resterons plusieurs semaines. Pendant ce temps-là, la Wehrmacht avance, gagne du terrain. Nul ne le sait encore, ni moi ni mes supérieurs, mais la ligne de défense qui s'appuie sur la Somme et sur l'Aisne est en train de s'effondrer. La défaite française est proche.

Le 9 juin, nous y croyons tous encore. Les Allemands sont tout près. Ce matin-là, je me souviens m'être réveillé en sachant que mon destin ne m'appartenait plus. Mon fusil dans mes mains rugueuses rongées par le froid de l'hiver, je pars à l'assaut. Mon casque me tient chaud, mais, pendant ces six mois loin de chez moi, je ne montre rien de mes souffrances, je n'émets aucune plainte. Edmond est encore une fois à mon côté ce jour-là, il n'est jamais bien loin, toujours à ma gauche, près de mon cœur, comme par superstition. Nous n'avons jamais varié de position. Nous avançons accroupis, puis à plat ventre. Nous rampons dans la boue de ces plaines de l'Est que j'aurais préféré ne jamais connaître. Ce que je redoute le plus, c'est un corps-à-corps avec l'ennemi. C'est ce pour quoi tout soldat est entraîné, en espérant ne jamais devoir s'y confronter.

Nous utilisons les tirs de mitraillettes et les mortiers pour repousser l'offensive allemande. Certains de nos soldats sont même perchés dans les arbres pour repousser les tentatives de franchissement. Au fil des heures, les victimes côté français sont nombreuses. Et l'artillerie allemande reprend le dessus.

D'un seul coup, une main m'attrape le visage, tord ma bouche et m'écrase les yeux. Mon corps est renversé, immobilisé, j'aperçois la cime des arbres et un bout de ciel. Une masse s'assied sur moi et me traîne ensuite sur plusieurs mètres. Puis plus rien. Le noir complet.

Je ne comprends pas un mot de ce qui se dit autour de moi lorsque je reprends connaissance et que je peux enfin ouvrir les yeux. Les visages qui me scrutent sont étrangers. Je finis par reconnaître l'uniforme des soldats du Reich. Au milieu d'eux, des hommes de mon régiment. Je les balaie d'un regard et j'aperçois enfin mon Edmond, le teint si pâle qu'il paraît délavé, comme le personnage d'une carte postale ancienne. Il se tient pour la première fois à ma droite. J'y vois immédiatement un mauvais présage. Le camion dans lequel nous

nous trouvons s'arrête soudain. Des hommes que je ne vois pas se mettent à hurler. Des bruits de bottes. Des barbelés. L'entrée d'un camp.

Nous avons été faits prisonniers.

8

Salomé reprend sa respiration et essuie les gouttelettes qui dégoulinent sur son front. Le soleil a décliné. L'eau commence à être un peu trop froide à son goût. Elle se dirige vers le solarium à l'étage, une serviette autour de la taille et son sac éponge à l'épaule, quand son téléphone se met soudain à vibrer. Elle regarde l'écran. C'est Andrew qui l'appelle en vidéo.

Elle s'installe sur une chaise longue, s'assure qu'il n'y a personne autour d'elle, puis décroche. Le visage de son amoureux apparaît. Il a bonne mine, il est installé sur son canapé en tenue de sport. Comme tous les jours, il vient de courir une bonne heure dans le quartier de l'ambassade de France à Washington, à l'écart du centre-ville. Il est encore essoufflé. Il veut savoir si elle ne travaille pas trop. Elle éclate de rire en lui montrant le panorama derrière elle. Pour une fois, elle est partie tôt du bureau. Eau translucide, faux gazon et musique, c'est presque Miami Beach. Andrew se lève pour se servir un verre de vin, elle peut ainsi revoir son appartement, le lit où elle aimait se réveiller il y a quelques jours encore. Il sort du frigidaire un petit sac et déplie le papier. Il est fier de lui mettre sous le nez, ou plutôt sous la caméra de son téléphone, un morceau de camembert.

« C'est du fro-mage fran-çaise », se hasarde-t-il en français.

La liaison s'interrompt au moment où il a posé son téléphone pour se couper un bout de camembert. Elle essaie de le rappeler, en vain. Alors qu'elle s'apprête à se lever et à prendre son sac, elle s'aperçoit qu'une silhouette est plantée face à elle. Un homme qui paraît en contre-plongée encore plus grand que sa taille réelle. Éblouie par le soleil, elle doit mettre sa main devant ses yeux pour voir son visage. Crâne dégarni et légère barbe d'un blond vénitien, il ne sourit pas derrière ses lunettes transparentes.

« Vous ne vous êtes pas rendu compte que vous étiez la dernière ?

– Si, mais quel est le problème ?

– Nous fermons, vous devez sortir. »

Salomé n'avait en effet pas vu l'heure tourner durant sa conversation avec Andrew. Elle n'avait jamais rencontré cet employé si peu aimable. Elle récupère son sac et quitte les lieux. Sur le quai face à la Seine, elle tente de joindre Andrew sans succès.

Le lendemain, Andrew ne peut pas bavarder longtemps, il est en plein travail. Les appels se transforment en messages écrits et, au fil des jours, Andrew semble de plus en plus distant. Cette histoire était-elle une romance d'été ? Survivra-t-elle à leurs quotidiens respectifs ? Elle se rassure, le désir de se revoir est bel et bien présent. Andrew lui a demandé plusieurs fois si elle envisageait de revenir aux États-Unis. Son travail l'en empêche pour l'instant.

Alors, quand elle apprend qu'elle aura un grand week-end de cinq jours aux alentours de la Toussaint, elle se lance et envoie un message à Andrew :

« Que dirais-tu si je venais te voir fin octobre ? »

Sitôt ces mots envoyés, elle remarque le petit nuage de points qui signifie, sur la messagerie instantanée, que son interlocuteur est en train de répondre. Les lettres s'affichent, en un seul mot, comme un coup de marteau sec sur son cœur : « Impossible ».

Elle n'ose lui demander si ce sont les dates qui ne lui conviennent pas ou s'il ne souhaite pas qu'elle revienne le voir. Ou s'il souhaite ne plus jamais la revoir. Sa réponse est négative. Point. Circulez, il n'y a plus rien à voir. Elle n'a même pas la force de l'appeler. Que dire de plus ?

La rentrée se rapproche, Salomé reprend le travail avec l'envie de tirer un trait sur ce qu'elle vient de vivre. Mais elle ne peut se résoudre à l'oublier. Et puis un soir, alors qu'elle est dans l'ascenseur en route pour le plateau du « 20 Heures », à trois minutes de l'antenne, son nom s'affiche comme une bombe. Alors qu'elle ne l'espérait plus, le message est bien d'Andrew. Il est sincèrement désolé, elle a dû s'inquiéter, son dernier message était succinct. Depuis quelques jours, il est dans le Michigan, en pleine forêt. Il participe à un entraînement militaire intensif pour une durée indéterminée. Il la rappellera dès qu'il le pourra.

Quelques jours plus tard, son téléphone vibre alors qu'elle est encore dans un demi-sommeil. Elle prend son temps pour sortir du lit. Après tout, c'est lundi, son jour de repos. Le jour où elle a le droit de gommer les contraintes de son emploi du temps millimétré. Un second tintement la pousse à s'étirer, mais une violente douleur se glisse entre ses omoplates et descend jusque dans ses reins. Serait-ce la conséquence de sa dernière séance de natation ? Alors qu'elle s'était toujours débrouillée seule, depuis quelques semaines, l'employé peu aimable qu'elle avait rencontré à la fin de l'été – et qui s'est révélé être maître-nageur – lui donne des cours. Il lui apprend à « exploiter le potentiel de ses mouvements » et à ne pas nager dans le vide. Il semble qu'elle se soit surtout vrillé l'épaule.

Elle attrape l'appareil, qui manque de tomber de la table de nuit. C'est un message d'Andrew. Le premier depuis plus de vingt jours. Une photo barre l'écran. Le cliché d'une quinzaine d'individus en tenue militaire. Et ce message :

« Guess where I am! »

Ils se ressemblent tous, elle doit zoomer pour distinguer les traits des visages sous les casquettes kaki au milieu des treillis. Elle le reconnaît au milieu de la dernière rangée, tout en haut de la photo. Cette place a-t-elle un lien avec son rang ? Elle comprend soudain qu'elle ne sait pas où il est, elle ne sait pas ce qu'il fait, elle ne sait pas qui il est. Que fait ce jeune homme d'une trentaine d'années en pleine forêt, au milieu d'individus grimés, à s'entraîner sur un faux terrain de guerre avant d'être envoyé, qui sait, sur le sol d'un prochain conflit à des milliers de kilomètres de chez lui ? Et comment, surtout, a-t-il pu quitter son travail ? Andrew ne fait pas son service militaire, il a un emploi et l'armée, d'après ce qu'il lui a dit, est présente dans sa vie les week-ends seulement, pour des entraînements réguliers. L'armée lui a payé ses études, il a une dette envers elle de plusieurs années. Mais de là à la rejoindre plusieurs jours ou plusieurs mois…

*

Depuis des semaines, Salomé est en quête du moindre indice. Des photos, mais aussi des témoignages. Elle a questionné sa mère à propos du camp où a été détenu son aïeul, pour savoir s'il était situé sur le territoire français ou si André avait été envoyé en Allemagne. Sa mère n'a pas su lui répondre. Elle lui a promis de rechercher dans son grenier, dans les vieilles malles de famille entreposées quelque part depuis la mort de ses parents et qu'elle n'a pas eu le courage d'ouvrir depuis. Elle est quelquefois allée chercher une photo, un album, un cahier d'écolière, mais se replonger dans ce passé, elle n'y est pas préparée.

« Je te promets de faire des recherches. Je dois avoir gardé quelques lettres. »

Elle détient des courriers, notamment de la Croix-Rouge, qui donnait des nouvelles de la santé d'André lors des visites effectuées par l'organisation internationale. Salomé sait très bien que sa mère attend qu'elle lui rende visite pour l'aider à fouiller dans ce passé douloureux. Elle lui propose de passer quelques jours en Ardèche au cours de l'été.

De son côté, Salomé contacte les archives départementales, mais aussi des historiens spécialistes du 159e régiment des chasseurs alpins, ainsi que de la période de mai 1940. Elle envoie quelques mails et compulse sur Internet les archives numérisées des prisonniers français. Trouver le nom du camp où André a passé près d'une année de sa vie revient à chercher une aiguille dans une botte de foin. Les Allemands ont détruit beaucoup de documents. Mais elle a l'intuition que reconstituer le parcours d'André sera la clef de son histoire d'amour avec Andrew.

9

Ce jour-là en ouvrant les yeux, bien que mes paupières n'aient jamais été aussi lourdes, mon premier réflexe a été de toucher la poche intérieure de ma veste pour sentir si ma montre était encore là. Elle n'a pas bougé. On me l'a donc laissée. On ne me l'a pas volée. Une montre à gousset qui m'a été offerte par mon père le jour de mon baptême et que j'ai emportée juste avant de partir pour la guerre. Je l'avais déjà sur moi le jour où je suis tombé du toit des voisins, alors que je réparais leur charpente. Un miracle que je ne sois pas mort, c'est ce qu'a dit le docteur Beyron quand il m'a ausculté. Elle ne m'a jamais quitté en somme. Si je suis vivant, c'est forcément grâce à ce bijou qui est depuis mon porte-bonheur. J'aime caresser le verre du pouce et la serrer dans la paume de ma main, bien que celle-ci soit rugueuse, abîmée par le froid, la faim et ces semaines passées à affronter la nature avant de se battre contre les hommes des lignes ennemies. Mes ongles noirs en témoignent, ébréchés d'avoir raclé la terre sombre de ces contrées hostiles de l'Est. Je n'ai plus une main d'homme, j'ai une main de soldat.

Il est cinq heures et quart du matin et le silence qui m'enveloppe m'effraie. Il ne ressemble en rien au silence qui recouvre les forêts ardéchoises où j'aime me perdre, seul, à la tombée de la nuit. J'écoute les soubresauts de la nature et ceux de l'autre monde, celui des insectes et des animaux. Le silence de cette grande baraque où je m'effondre à la tombée du jour n'a rien à voir. Il fait ressortir l'effroi que j'éprouve à la vue de ces corps d'hommes couchés à perte de vue. J'écarquille les yeux et j'en compte plus d'une centaine. Un regard circulaire sur ma gauche et je me heurte à un mur de béton. Ma tête est lourde et me fait mal, mais je la tourne vers la droite et je le découvre enfin. Edmond, le visage crispé bien qu'en plein sommeil. À quoi rêve-t-il à cet instant ? Se peut-il qu'il soit plongé dans un songe alors que cela fait des semaines que nous ne rêvons plus ? À croire que nous sommes devenus des bêtes.

Combien d'heures suis-je resté ainsi à scruter ce silence dans lequel je n'ai aucun repère ? J'ai la désagréable impression de m'être réveillé dans un autre monde. Il y a quelques heures encore, je regardais l'horizon, tentant de distinguer l'ennemi, mais à six contre un, nous, les soldats français, avons vite été dépassés. Puis ce fut le bruit et la fureur, les cris et le sang. Puis le trou noir.

Je suis resté figé jusqu'à ce que des cris rauques me fassent sursauter. J'ai appris à distinguer la voix des officiers allemands. C'est l'appel des troupes. Tous les prisonniers de notre baraque se lèvent en un même élan et s'agitent tels des pantins désarticulés. Le regard perdu d'Edmond manque de me faire chavirer. Si mon ami flanche, alors je m'effondrerai. Et inversement. C'est ma plus grande angoisse. Qu'il s'écroule. Nous devons nous serrer les coudes. Qui sait ce qui nous attend, et pour combien de temps ? Qui sera, surtout, capable de nous répondre ? Je sais pertinemment que mes questions se heurtent à un futur incertain.

Ils se pressent tous, en rang, à l'extérieur de la baraque. Alors je les suis. J'obéis aux ordres. On nous a demandé d'enfiler un pantalon sans forme et une chemise ample, à laquelle il manque souvent des boutons. C'est notre uniforme de prisonnier, qu'ils n'ont pas changé, pour certains, depuis des semaines. La crasse a infiltré le tissu déjà délavé à force d'avoir été porté par tant d'autres avant nous. Nous portons l'habit de ceux qui sont morts et que nous remplaçons. Nous devons tous passer un à un devant l'un des gardiens de ce camp de travail. Plus tard, quand nous aurons pris de l'assurance, nous serons quelques-uns à faire en sorte que les comptes de l'appel soient faux, que les noms ne correspondent pas, juste pour le plaisir de rendre fous les hommes du Reich.

Ces victoires personnelles du quotidien nous épargnent quelques heures de travail et nous permettent des petites vengeances sur les humiliations, mais elles ne constituent pas pour autant une perspective.

Pour l'heure, je regarde chaque matin au-delà des barbelés du camp. Mais notre horizon se réduit aux miradors. Il n'y a rien au-delà de ces baraques et du début des champs, comme si le monde se réduisait désormais à ce périmètre. Où sommes-nous ? Est-ce que quelqu'un répondrait si je me mettais à hurler ? Quel est le nom de la ville la plus proche ?

Nous ignorons tout de ce qui existe en dehors de nous. Nous allons devoir nous habituer à cette vision rétrécie. Les prairies n'ont ici rien de bucolique. Elles ne seront que le décor des jours, des mois et des années qui défileront, se teintant d'une lumière jaune doré ou blanche selon les saisons. Mais le temps ne passe pas vite, il ne passe pas tout court, il s'est arrêté. Nous confondons les jours, mon cerveau n'a plus aucun repère. C'est ce que veulent nos geôliers. Alors il faut résister. Et cela commence par la condition physique. Pas question de flancher malgré la faim qui nous cisaille l'estomac. Alors nous nous entraînons à marcher. Je propose à Edmond d'imaginer notre belle Ardèche et de prononcer à haute voix les villages que nous traversons dans nos voyages imaginaires. Un caillou, un insecte, nous sommes attentifs à tout ce qui apparaît sous nos pas et qui nous permet de nous remémorer des instants de notre enfance, de notre adolescence et des moments passés aux champs ou dans les abricotiers. Ces madeleines de Proust nous permettent de rester vivants.

Chaque jour, nous parcourons plus de quatre kilomètres le long des barbelés.

Les journées et les semaines sont rythmées par la toilette à l'eau glacée et les portions de soupe. Un breuvage rouge mélangé à des rutabagas sous lesquels nous découvrons, parfois avec surprise, un maigre morceau de viande. Comme ce jour où notre assiette prend un air de fête et, malgré les injonctions à manger toujours plus vite, nous prenons le temps de la dégustation, mâchant chaque morceau comme si c'était le dernier. Mais la faim nous rattrape toujours, souvent au moment où nous cherchons le sommeil. J'ai vendu ma montre pour un morceau de pain, mais je compte bien la racheter lorsque je serai moins faible. Lorsque mon ventre ne commandera plus mon cerveau. C'est une question d'heures. Et d'honneur. Je n'ai rien dit à Edmond, la honte m'aurait mangé le visage.

La faim, mais aussi le froid qui s'immisce jusque sous notre peau, comme s'il rongeait nos os. Nous avons déjà enlevé des planches de notre lit pour en faire du bois de chauffage, et sacrifié les cloisons des toilettes. Les mois passent sans que nous sachions si le cauchemar se terminera un jour. Et si oui, quand ? Il est difficile de vivre sans perspective. Et coupés du monde. Nous ne savons rien de nos proches, ni de Blanche, et nos familles savent-elles que nous sommes en vie quelque part au-delà des plaines de l'Est ? Nous ne savons même pas si nous sommes encore en France. Des bruits courent, mais je ne les écoute pas. Certains prisonniers délirent et deviennent fous. Nous ignorons tout de la marche du monde, l'entrée des Allemands dans Paris quelques jours après notre arrestation, l'appel du général de Gaulle, la proclamation de Pétain comme chef de l'État français, la promulgation par le gouvernement de Vichy d'une loi sur le statut des Juifs. Nous pressentons tout, mais ne savons rien de l'Europe qui est en train de basculer dans la fureur.

Si Edmond parle sans cesse pour extérioriser ses peurs, en dialoguant pour deux, je suis, moi, presque mutique. Je préfère me taire et garder mon énergie pour repenser aux images qui ont émaillé ma vie depuis mon départ en tant que soldat. J'en parle quelquefois à Edmond. Il dit que je réfléchis trop. Il ne m'a jamais vu ainsi.

Dès lors, je n'ai plus qu'une idée en tête, une obsession qui me réveille la nuit : fuir cet enfer. M'évader. Et alors que j'échafaude des plans, je rêve que nous nous échappons à pas de géant, enjambant les barbelés du camp, attrapant les soldats du Reich par poignées pour les jeter à des milliers de kilomètres plus loin. Je rêve de retrouver ma liberté. Et de revoir le sourire de Blanche.

10

Salomé n'a aucune nouvelle d'Andrew. Il ne répond plus ni aux messages ni aux appels vidéo. Alors elle cherche des signes qui lui donneraient des indices sur le lieu où il se trouve, ce qu'il y fait. Elle consulte sur Internet une carte des États-Unis pour situer le Michigan. C'est là qu'Andrew est censé s'entraîner avec son unité. C'est en tout cas ce qu'il lui a dit. Elle observe les étendues vertes correspondant aux forêts. Mais dit-il vrai ? Il est peut-être déjà ailleurs sur le globe. Depuis quelque temps, il a brouillé les pistes, affichant sur les réseaux sociaux des photos de week-ends prolongés entre amis non seulement aux États-Unis, mais aussi en Europe et même en Afrique. Jeune salarié travaillant dans un ministère, comment peut-il se permettre autant de jours de vacances ? Est-il en repérage ? En observation ? Ses photos mettent en scène le plus souvent de jeunes hommes athlétiques qui pourraient tout à fait être militaires. Andrew est libre de vivre sa vie, que cherche-t-elle à savoir ?

Salomé ferme le rabat de son ordinateur et sort prendre l'air.

Elle a mal à l'omoplate et la douleur descend jusqu'au pied gauche. Elle se force à marcher jusqu'à la piscine, convaincue que nager la détendra. L'été approche, elle n'a encore rien programmé, à part quelques jours dans le sud de la France. Elle n'a jamais su se projeter dans un futur immédiat, par peur peut-être, mais aussi par volonté de vivre l'instant présent et de laisser place à l'imprévu. Sa rencontre explosive avec Andrew l'été précédent ne peut que lui donner raison. Mais, telle une grenade dégoupillée, leur histoire doit trouver son chemin de toute urgence.

Elle a installé sa serviette turquoise au bord du bassin. Le toit amovible n'est pas encore complètement ouvert, elle choisit un coin à l'écart suffisamment ensoleillé pour prendre quelques couleurs avant de se mettre à l'eau sans réfléchir et appliquer ce que le maître-nageur lui apprend depuis plusieurs semaines. Maîtriser son scuffle. Prendre de longues respirations et bloquer son diaphragme. Cette pratique lui est bénéfique dans son travail pour gérer le stress et ne pas se laisser gagner par les émotions. Elle ne fait que quelques longueurs, sans forcer, tant la douleur est vive. Et alors qu'elle s'apprête à sortir, son regard se porte sur une démarche nonchalante qu'elle reconnaît aussitôt.

L'entraîneur ne l'a pas vue, mais elle l'observe. Elle a le temps de lire le titre du livre aux bords cornés qu'il tient de la main gauche, *Mémoires d'Hadrien*. Lire Marguerite Yourcenar ici, c'est comme écouter du Chopin dans un parc de loisirs : c'est afficher volontairement un certain snobisme, ou faire acte de résistance. Non pas s'isoler du monde, mais y rester de plain-pied tout en s'en extrayant par un mot, un son, au moment où on le décide.

Cet homme l'agace peut-être parce qu'il est libre. Elle ressent une impression étrange depuis quelques mois déjà. Il n'est que le miroir de sa propre existence. De ses choix autant que de ses renoncements. De la place peut-être trop grande qu'elle accorde à sa vie professionnelle au détriment de sa vie personnelle. Du temps trop court qu'elle offre à ses amis. De la question de la maternité qu'elle n'a même pas le temps de se poser. La vie est courte. Prend-elle les bonnes décisions ?

« C'est le plexus.

– Quoi, le plexus ? répond-elle, un brin dédaigneuse.

– La douleur, elle vient du plexus. Pas la peine de chercher un coupable, c'est vous qui l'avez créée. Le corps garde tout en mémoire. Il faut lâcher prise. »

Elle reste quelques minutes sans voix.

Qui est-il pour lui affirmer d'où vient sa douleur et lui dire qu'elle doit lâcher prise. Ce qui la dérange au fond, mais elle ne l'avouera jamais, c'est que cet homme qu'elle connaît à peine lui dise tout haut ce qu'elle n'a pas envie d'écouter tout bas.

11

Salomé vérifie le nom sur la plaque apposée sur la façade de cet immeuble d'une allée sans fleurs du 15e arrondissement, « Claire Gemayel, ostéopathe », et pousse la porte cochère de l'épaule droite afin de ne pas raviver la douleur qui irradie le côté gauche de son corps depuis plusieurs semaines. Alors qu'elle foule le velours du tapis qui recouvre l'escalier et étouffe le bruit de ses pas, elle se demande si cette spécialiste qu'elle vient voir pour la première fois va enfin la soulager. Son corps est à l'image du court trajet qu'elle effectue jusqu'à la porte d'entrée, une sorte de colimaçon vertical qui lui donne le vertige.

De ce rendez-vous, elle se souvient des yeux bleus de la praticienne la sermonant d'une voix doucereuse et enveloppante qu'elle n'aurait pas dû attendre autant de temps avant de la consulter. Un regard à la fois doux et vif qu'elle posera sur son corps dont la souplesse a disparu sous une carcasse de muscles tendus et de nerfs fragiles entremêlés. En se déshabillant pour s'allonger sur la table de soins, elle se rend soudain compte qu'elle n'arrive plus à s'asseoir sans souffrir. Elle espère tant de cette femme qu'elle est prête à laisser là ce corps qui ne semble plus être le sien. Elle ne le reconnaît plus, car elle ne le regarde plus. Aucun homme non plus ne l'a regardée depuis un an, depuis ce jour où Andrew l'a déposée sur le parking d'un aéroport américain.

La praticienne l'observe en silence. Elle lui a demandé de disposer ses mains de part et d'autre de son bassin et de respirer lentement. Elle prend son poignet et y dépose deux de ses doigts, l'index et le majeur, afin d'écouter son pouls. Salomé entend son cœur battre, une sensation qui la met mal à l'aise. Elle n'a jamais aimé entendre les pulsations de cet organe qui lui prouvent pourtant qu'elle est en vie.

Paradoxalement, c'est ce même cœur qu'elle aime écouter frapper à tout rompre contre sa poitrine quand elle reçoit un appel de celui dont elle ne se lasse jamais d'entendre la voix, celui qu'elle pourrait rejoindre sur un coup de tête de l'autre côté de l'Atlantique. Cette promesse qui rythme ses jours et ses nuits a un prénom : Andrew. Son absence met en lumière les moments creux de son quotidien sans lui, qu'elle comble par une frénésie joyeuse, alternant entre les longues heures passées au bureau et celles qu'elle fait défiler en accéléré sous les lumières tamisées de soirées noyées sous les volutes de fumée, où les silhouettes croisées ne sont que des ombres. Le visage d'Andrew apparaît en pointillé dans sa vie millimétrée, comme l'aiguille traçante d'une machine à sismographe qui marque à l'encre rouge sur papier blanc l'activité sismique en temps réel. Elle se demande souvent si elle pourrait accorder plus de temps à Andrew dans sa vie.

Quelle place pourrait-elle lui offrir ?

Elle ne lui a rien dit de cela lors de leur dernière conversation. Surtout ne rien dévoiler de ses sentiments, au risque de lui ôter l'envie de la rejoindre. Pour l'heure c'est impossible, de toute évidence. Andrew tue les heures comme les cibles sur un terrain d'entraînement dans le Michigan. Pourtant, leur conversation de la veille l'a fait douter. Il est apparu sur l'écran de son téléphone avec un visage bien différent de celui qu'elle a connu jusqu'alors. Plus rouge et plus grave. Plus rouge, comme s'il avait changé de latitude. Ce n'est sans doute pas aux forêts du Midwest qu'il peut imputer ce bronzage. Plus grave, une ride plisse désormais son front, lui dont les traits ont toujours semblé réchappés de l'enfance. Cet homme au corps taillé pour être un roc et un bouclier a su garder la fragilité et le velouté d'un visage d'adolescent. Il est apparu « en civil », un tee-shirt dont les manches courtes épousaient sa musculature, et un bermuda qu'elle a pu apercevoir brièvement au moment où il s'est levé d'une chaise en plastique blanc, un cadre qu'elle n'a su situer.

« Where are you?

– So what's new? »

Que dire par écrans interposés alors que leurs quotidiens se sont terriblement éloignés ? Leur terreau commun se résume à quelques souvenirs désormais éparpillés entre Carthage, Paris et Washington. Des moments intenses et fugaces que chacun tente, de son côté, d'épingler sur le fil de sa mémoire, afin d'y piocher de temps à autre, comme des piqûres de rappel qui sont autant de doses de drogue. Que sait-il de son travail, de ses aspirations, de ses projets ? Il ne sait rien du monde de la télévision, ne se représente la vie à Paris que comme une carte postale dans laquelle il s'est plongé avec exotisme. Et que sait-elle de lui ? À quoi bon lui raconter les heures passées à attendre, à cerner un ennemi invisible dans un pays que la plupart des Américains ne connaissent que grâce aux séries diffusées sur Netflix ? Ne subsiste dans leurs liens virtuels que le désir de se retrouver pour vivre à nouveau l'intensité d'une seconde partagée et dont ils ne conservent aujourd'hui que le souvenir.

En 1940, les souvenirs étaient des bouées auxquelles se raccrocher non pas pour imaginer un futur, mais pour survivre. Et l'avenir se résumait à la seconde d'après. Voir Andrew dans ce *no man's land* qu'elle n'arrive pour l'instant pas à identifier la ramène à André.

À minuit passé, sa mère lui envoie un SMS :

« Je peux t'appeler ? »

Salomé lance elle-même l'appel, la main tremblante, imaginant un souci de santé. Sa mère décroche à la première sonnerie, la voix enjouée. Salomé comprend aussitôt qu'il s'agit d'André. Sa mère parle vite, elle a fait des recherches et s'est prise elle aussi au jeu de remonter la trace du passé. Elle en a parlé autour d'elle, à ceux qui l'ont connu au village et qui sont encore en vie. Un homme, qui était tout jeune à l'époque et dont la mère louait à André un logement à la fin de sa vie, lui a apporté une pochette de documents, trouvée chez lui lors de son décès.

À l'intérieur, une carte d'ancien combattant au nom d'André, avec au dos cette inscription : Frontstalag 122, Chaumont. La mère de Salomé pense avoir identifié le lieu de la captivité d'André en juin 1940.

Salomé se tait. André a donc été emprisonné au camp de Chaumont, en Haute-Marne, dans la région Grand Est. Fait prisonnier par l'armée allemande, mais en France.

12

Ce jour-là, je sais au fond de moi que la liberté n'est pas encore au bout du chemin. Dans le train qui nous emmène sur des terres que je n'aurais jamais imaginé traverser, je ne peux détourner mon regard du visage d'Edmond. Mon ami a maigri, ses yeux ont perdu leur éclat et son corps frêle redouble d'efforts pour amorcer le moindre mouvement. Je préfère ne pas y penser, mais, si Edmond m'effraie autant, c'est sans doute parce qu'il n'est que le miroir de ma propre déchéance. J'ai toujours été bien moins grand et bien plus solide que lui, mais j'ai aussi certainement changé de physionomie. Je balaie cette idée d'un revers de main au moment où je chasse un insecte volant devant mon visage. Je n'aimerais pas que Blanche aperçoive mon apparence à cet instant. Elle ne reconnaîtrait sans doute pas le jeune homme enjoué et rieur que j'étais et qui l'a toujours amusée et rassurée, celui à qui elle se confiait lorsqu'elle allait garder les bêtes dans le grand pré et qui faisait un bout de chemin avec elle, lui faisant croire à chaque fois que c'était sa direction alors qu'il n'en était rien. Mais elle n'était pas dupe, c'était notre secret. Nous tissions un fil invisible qui nous relierait pour le reste de notre vie, même si je savais pertinemment qu'elle le couperait un jour pour se marier avec Edmond. J'ai toujours espéré, tel Thésée dans le labyrinthe du Minotaure, garder le lien avec Ariane.

Aujourd'hui, si je suis sûr des sentiments que j'éprouve pour elle, je n'ai aucune idée de ce qu'elle a en tête. Elle est certainement angoissée, attendant semaine après semaine un courrier ou des nouvelles par les soldats qui rentrent en permission et qui nous auraient peut-être croisés, Edmond et moi. J'imagine ses grands yeux bleus interrogatifs si une lettre arrivait, sa main tremblante déchiquetant l'enveloppe près des moutons apeurés. Sait-elle seulement que nous avons été faits prisonniers ? Deux parmi un million et demi de jeunes Français capturés par d'autres jeunes, mais allemands. Je ne pense pas à ma mère, dont le cœur doit être rétréci par le chagrin, mais à Blanche, dont le visage m'appa-

raît chaque jour entre les branches des grands arbres ou dans le coton des grands nuages de l'Est dont même les formes ne sont pas celles de mon enfance ardéchoise.

Le train s'est arrêté brusquement et les détenus qui, comme nous, étaient restés debout sont tombés comme des dominos à nos pieds. J'ai moi-même vacillé contre Edmond, mais j'ai mis toutes mes forces dans ma volonté de garder l'équilibre. Comme s'il était question d'une quelconque dignité. Nous échangeons un regard, satisfaits d'avoir tenu bon, ensemble, comme au combat.

La fumée s'est dissipée, le paysage, fait de plaines alanguies, apparaît, semblable à celui qui a défilé de longues heures devant nous depuis notre départ du camp de Chaumont, le Frontstalag 122. Nous ne sommes pas mécontents d'avoir quitté cette prison qui empestait l'urine et où nos geôliers ont tenté de nous ôter toute humanité, mais vers quoi nous dirigeons-nous ? Nous savons les lieux que nous quittons et que nous ne pourrons jamais décrire, mais dont les images physiques et sensorielles sont gravées dans notre chair, mais nous ignorons ce que nous allons découvrir. Le train repart, pour s'arrêter deux heures plus loin de façon définitive après trois jours enfermés dans des wagons à bestiaux dont les portes crissent lorsqu'elles sont ouvertes d'un coup sec par des hommes s'exprimant en allemand. Notre destination finale était donc bien les terres du Reich. Nous voilà au cœur du mal.

D'un regard, Edmond me fait signe de ne pas le quitter des yeux, lui qui dépasse la plupart des soldats d'une bonne tête, et de le suivre coûte que coûte, quitte à marcher sur les pieds de nos camarades. La meute s'élance. Dévale le marchepied qui la précipite sur le quai, suit le mouvement avant dans un brouhaha de cris et d'injonctions des gardiens, et stoppe net devant un portail qui préfigure l'entrée d'un camp. La lumière rasante dessine les contours d'une campagne qui a revêtu les couleurs de l'automne. Alors que les vies de tous ces soldats ont été mises en suspens – certains construisaient leur carrière, d'autres leur vie de famille, et s'apprêtaient à se marier, d'autres encore venaient d'avoir un enfant –, la nature, elle, continue à vivre malgré la guerre. Les feuilles poussent, des fleurs éclosent et meurent, des papillons butinent, des vaches mettent bas, la pluie continue de tomber, le soleil se lève chaque matin. Et chaque soir des hommes meurent. Je prie pour que nous n'en soyons pas.

Si un jour j'ai envie d'en finir, je sais que je pourrai revenir ici me crever les yeux. La double barrière en barbelés arrive à la hauteur de ma vue. Derrière elle, je tente d'apercevoir les baraques du camp. J'en compte rapidement une vingtaine, sans savoir encore qu'elles sont au nombre de cent cinquante. Certaines sont en bois, d'autres, plus grandes, en ciment, construites juste avant notre arrivée par des prisonniers polonais.

La nuit commence à tomber, des groupes sont formés, des ordres sont donnés, des hommes sont alignés. Je suis conduit vers la baraque numéro 10, la même que celle qui a été attribuée à Edmond. Nous n'envisagions pas d'être séparés. Nous ne dormons pas sur la même couchette, mais nous nous faisons face. Quand je m'allonge sur le lit en bois, avant de voir le buste d'Edmond, j'ai vue sur mes godasses posées juste en dessous, alignées avec d'autres bien plus usées dont les propriétaires doivent dormir là depuis bien plus longtemps que nous. À l'extérieur, il fait maintenant nuit noire. La toilette, ce sera sans doute pour demain. La nourriture aussi. La faim devient une obsession. Et ce ne sont pas les maigres quignons de pain qu'on nous a distribués au départ du train qui ont rempli nos estomacs. Ce n'est pas la première fois que je m'endors le ventre vide. Et certainement pas la dernière. Dans les moments où je me suis assoupi pendant le trajet, j'ai tant espéré que les wagons dévient et empruntent des rails qui nous emmèneraient vers le sud, traverseraient les plaines de l'Est, longeraient le Rhône autour de Lyon pour se faufiler dans les forêts de châtaigniers de l'Ardèche et arriver, enfin, juste devant la maison de Blanche. Elle se tiendrait debout, ses cheveux blonds ondulés par une légère brise, le regard bleu, altier, dans l'encadrement de la porte d'entrée. Elle me sourirait. Je savais qu'elle m'attendrait.

13

Salomé se tait, l'horloge indique 19 h 57. Dans une minute à peine, le générique sera lancé depuis la régie, sa musique envahira le plateau pour s'introduire dans chaque foyer, tous prêts à entendre le murmure du monde. Certains l'écoutent religieusement, installés dans leur canapé, d'autres s'en servent comme compagnon de leur solitude, d'autres encore comme bruit de fond du repas familial et font silence lorsque les images indiquent un événement à ne pas manquer. Soit parce qu'il s'est passé tout près de chez eux, soit au contraire parce qu'il augure des soubresauts du monde et chacun sait, à l'heure de la mondialisation, qu'un battement d'aile de papillon en Asie peut avoir des répercussions sur le quotidien d'un habitant de la Creuse.

Le présentateur se met en place, debout devant la grande table au centre du plateau, pour lancer les titres. C'est une mélodie familière qu'il écrit souvent dans les toutes dernières minutes. Chaque mot est choisi avec précision, les phrases doivent être courtes et rythmées, elles donnent le ton du contenu du journal. Le temps de terminer les essais son, et la musique démarre. Salomé ne peut s'empêcher de ressentir le même frisson, chaque soir, lorsque les notes du générique résonnent sous l'immense plafond cathédrale du studio. Elle retient son souffle en apnée, comme si cela permettait à la musique d'atterrir en douceur et d'imprimer sous ses pupilles une dernière fois les mots prononcés pour vérifier qu'il n'y a aucune erreur de sens ou de syntaxe. Car ces phrases sont souvent une sorte d'oraison funèbre lorsque l'actualité est sombre.

Les cinq titres énumérés, le présentateur s'assoit et jette un œil aux dépêches de l'Agence France-Presse sur l'écran encastré dans la table. Les reportages s'enchaînent, en France et à l'étranger.

Le présentateur lance un sujet sur la place, encore minoritaire, accordée aux femmes dans la conquête spatiale, à l'occasion de la sortie d'un film. Quelques jours plus tôt, un duo féminin a effectué une sortie dans l'espace en dehors de la station spatiale internationale, et cela pour la première fois de l'Histoire. Soudain, son regard est attiré par un bandeau rouge sur l'écran relayant une information urgente transmise par l'AFP. Salomé s'interrompt pour lire la dépêche.

« Explosion au Mali contre des soldats de la force Barkhane. Plusieurs victimes. »

Salomé prévient le rédacteur en chef en régie, qui lui aussi a vu l'information ; lorsque le présentateur a lancé le sujet suivant, il lui parle enfin dans l'oreillette. Elle a entre-temps rédigé quelques lignes donnant les informations essentielles, factuelles. Elles sont pour l'instant très succinctes. Le rédacteur en chef a envoyé en urgence un journaliste devant le ministère des Armées pour un direct avant la fin du journal. Par chance, ses bâtiments ne sont situés qu'à quelques centaines de mètres des studios. Puis il demande au chef du service étranger de descendre immédiatement sur le plateau pour prendre l'antenne en direct et donner quelques explications sur ce qu'est la force Barkhane, combien de soldats français sont déployés au Mali et dans le monde.

Le temps que le reportage se termine, le présentateur dicte les premières phrases qu'il souhaite prononcer :

« Place à l'actualité. Et cette information qui vient de nous parvenir il y a quelques minutes.

Une explosion a eu lieu au Mali contre les soldats français de la force Barkhane. Il y aurait plusieurs victimes. On va tout de suite retrouver… »

Le chef du service étranger s'installe à la table, une carte du Mali est projetée sur le grand écran. Le rédacteur en chef demande que l'identité des soldats tués ne soit pas dévoilée, le ministère des Armées n'ayant pas encore prévenu toutes les familles des victimes et de ceux qui ont été blessés. Salomé pense aux mères endeuillées qui ont perdu un fils, aux enfants qui ont perdu leur père, mais aussi aux femmes qui vont apprendre dans quelques secondes la disparition de leur mari ou de leur fiancé.

C'est une idée qui ne la quitte plus, pas même lorsque la lumière s'éteint dans le studio une fois le journal terminé. Le dernier bilan annonce treize morts. Treize vies fauchées alors que ces hommes se battaient pour la liberté. Ils savaient les risques qu'ils couraient en embrassant cette mission de servir leur pays. Pourquoi deux hélicoptères sont-ils entrés en collision alors qu'ils poursuivaient des djihadistes lors d'une mission de combat en plein Sahel, entre Tombouctou et Gao ? En ce mois de novembre, dans la région du Liptako malien, l'obscurité est profonde.

C'était une nuit sans lune.

Quelques jours plus tard, Salomé regarde en direct à la télévision l'hommage national rendu aux Invalides par le président de la République, au nom de la nation, aux six officiers, six sous-officiers et au caporal-chef tués au Mali. Ce lundi est son jour de repos, elle ne souhaite pas être dérangée. La flamme du soldat inconnu brûle sous l'Arc de Triomphe. Le pays est en deuil, même si une frange de la population en profite ce jour-là pour, une fois encore, exprimer son incompréhension quant à l'envoi de soldats français à l'étranger. Salomé parcourt les réseaux sociaux et s'empêche de répondre à ceux qui oublient le rôle des forces militaires au Sahel, en Irak et en Afghanistan. Faut-il leur rappeler qu'ils paient le prix de la liberté pour garantir la leur ? Elle repose son téléphone. Toute la matinée, les images ont inondé les chaînes info. Leurs portraits dressés sur le fronton des mairies de leurs villes, les chants de leurs compagnons de régiment, les hommages de leurs supérieurs parlant de « beaucoup d'émotion parce que ce sont nos frères d'armes », ajoutant que « la guerre n'est pas un modèle mathématique et que le risque zéro n'existe pas », les témoignages de plusieurs de leurs parents, « Voler était sa passion, il voulait s'engager pour son pays », « Je suis laminé ».

La cérémonie commence. Les treize cercueils sont alignés. Treize vies interrompues. Le plus jeune avait 22 ans. Ils s'appelaient Clément, Romain, Alexandre, Valentin, Nicolas, Benjamin, Jérémy, Alex, Pierre-Emmanuel, Julien, Romain, Antoine et Andreï.

Salomé pense à Andrew.

Où est-il à cet instant ?

14

Cela fait cinq semaines, ou peut-être plus, que nous crevons de froid dans ce stalag allemand aux confins de l'Europe. J'ai l'impression d'être devenu une bête. Seule la plaque métallique numérotée qui signe notre identité permet de nous identifier. Nous nous ressemblons tous. Nous avons été douchés et rasés à notre arrivée. Et sous nos haillons qui, encore une fois, ont été portés par ceux qui nous ont précédés dans la mort, nous sommes nus comme des vers. Nous ne disposons plus d'aucun signe personnel qui pourrait nous distinguer ou nous rappeler à nous-mêmes nos vies d'avant.

Depuis quelques jours, Edmond m'inquiète. Je m'assure qu'il mange sa ration de nourriture quotidienne et ne se laisse pas sombrer dans la douleur et la mélancolie qui ne le quittent plus depuis que nous sommes arrivés en Allemagne. Il a beaucoup maigri et son regard a encore perdu de son éclat. Il ne rit plus aux plaisanteries que je fais, même si la fatigue m'empêche d'être aussi vif que lors des balades de notre adolescence, des sorties en pleine nature avec nos camarades de l'école communale, lorsqu'on piégeait notre instituteur en nous cachant derrière les bosquets de genêts. Ici, même les souvenirs semblent s'être décolorés. Je ne parle plus de Blanche, pour ne pas raviver une douleur recouverte par des couches de paysages et de moments de vie qui nous éloignent les uns des autres de jour en jour. Nous ne parlons plus de nos familles respectives, même si nous avons chacun reçu une lettre de nos parents, transmise par la Croix-Rouge. Je n'ai même pas osé demander à Edmond si Blanche y avait signé un mot de son nom. Je l'imagine alors, de ses lèvres roses à peine entrouvertes, déposer un baiser sur le cachet, une fois l'enveloppe fermée. Mon courrier est bien plus sobre, quelques mots griffonnés par ma sœur pour toute la famille, que je conserve cachés sous ma couchette. Elle raconte la vie de la ferme, les récoltes bien maigres cette année et l'attente, interminable. Elle me dit de prendre soin de moi et d'y croire, jusqu'au bout.

Ma sœur prie chaque soir pour moi avant de dormir et chaque dimanche au temple.

Je connais désormais chaque parcelle du camp par cœur. J'ai fait mille fois le tour des baraques pour conserver mes muscles, mais aussi pour repérer les lieux. Car je porte toujours en moi la même obsession : m'évader. J'ai en tête le trajet à parcourir depuis notre baraque, en pleine nuit, jusqu'aux logements des médecins, en contournant les baraques de quarantaine pour les nouveaux arrivants sans se faire voir. J'ai repéré la luminosité des quartiers de lune sur les logements des hommes de troupe chargés de garder le camp à plusieurs centaines de mètres. J'ai compté les secondes qu'il leur faudrait pour arriver jusqu'à nous, accompagnés de leurs chiens, avant que nous nous faufilions sous la double barrière de barbelés. Reste un dernier obstacle et non des moindres : le chemin de miradors qui cercle le camp et sur lequel sont postés à intervalles réguliers une dizaine de soldats allemands. Je peaufine mon plan en attendant le jour J. Une seule question hante mes nuits : Edmond sera-t-il capable, physiquement et psychologiquement, de me suivre ?

15

La douleur a diminué comme la flamme d'une bougie en fin de souffle, longiligne et diffuse, pour s'éteindre sans que l'on sache si elle était encore visible la seconde précédente. Salomé ne la sent plus, ni quand elle étend son bras au-dessus de sa tête, ni quand elle donne une impulsion pour que son bassin fasse demi-tour pour une nouvelle longueur. La seule chose qui la trouble, c'est le regard du maître-nageur au moment où elle sort de l'eau. Cette impression étrange que l'on ressent quand on s'aperçoit trop tard que l'on a été observé à son insu.

Elle n'est pourtant pas seule, la piscine est peuplée, en cette heure matinale, de jeunes cadres dynamiques en quête de corps sains, qui, comme elle, viennent insuffler, avant d'aller au bureau, un peu de vitalité à l'enveloppe charnelle qu'ils affichent en société sous leurs costumes ajustés. Elle s'est donné quelques jours pour voir les effets de ce sacrifice – se lever aux aurores, penser à prendre les vêtements de sa journée dans son sac, préparer un petit-déjeuner à emporter – sur sa santé et son moral. L'action est le premier pas du changement. C'est en tout cas ce que promettent les livres de bien-être.

Pourquoi est-ce si difficile de conserver dans son emploi du temps les petits moments que l'on sait pourtant essentiels, les moments doux, les moments secrets, les moments où l'on décide de ne rien faire juste pour le plaisir de goûter au silence, de boire un thé, d'écouter un morceau de musique, de prendre un bain, de marcher dans les feuilles mortes, de danser ou encore de cuisiner. Il est si facile de se laisser détourner. Il y a toujours une bonne excuse pour les reporter. Voire les occulter. Ne pas se laisser happer par la course du quotidien demande de la force, du courage aussi. C'est savoir dire non. Et à soi d'abord.

Ce jour-là, Salomé arrive en retard au bureau, mais elle sait qu'elle ne renoncera pas à la sensation que vient de lui procurer ce moment sous l'eau au cours duquel elle a réussi à ne plus penser.

Deux mots. Deux noms, affichés sur son ordinateur, lui font l'effet d'un glaçon que l'on aurait glissé dans l'encolure de son tee-shirt un été de canicule. Sauf que nous sommes en plein mois de décembre. « André Chave » est l'objet d'un mail envoyé par le Centre des archives du personnel militaire du service historique de la Défense, basé à Pau. Elle imagine une employée recevant son mail il y a quelques semaines et qui, passionnée par son métier, a effectué les recherches et a pris le temps de lui écrire pour lui rapporter le fruit, ou non, de ce qu'elle a glané sur son ancêtre. Jour après jour, André devient plus présent et plus vivant.

Avant de cliquer, Salomé se lève et va jusqu'à la fontaine du couloir pour se servir un grand verre d'eau. Ce courrier contient-il une nouvelle information ou une nouvelle déception ? Il ne faut jamais mettre trop d'espoir dans les mails qu'on envoie quand on fait des recherches sur sa famille, et donc sur soi.

Elle parcourt les mots qui deviennent flous à mesure qu'elle avale les lignes. Puis s'arrête sur ce mot : Frontstalag 122. Salomé lit ce qu'elle sait déjà. Mais ce mail permet de confirmer ce que sa mère lui a appris grâce aux documents trouvés. Que son aïeul a été arrêté en juin 1940 et conduit au camp de Chaumont. Puis qu'il a été transféré en Allemagne.

Une voix la fait sursauter, c'est l'heure de la conférence de rédaction. Pas le temps de se poser d'autres questions. Elles restent en suspens dans sa tête comme des objets en apesanteur.

Salomé doit se concentrer sur l'actualité pour le journal du soir. Elle rejoint la grande salle de conférence où les chefs de service s'assoient tout autour de l'immense table, face aux rédacteurs en chef et au présentateur. Salomé s'installe en silence. Chacun sait où est sa place. Cette salle ressemble à un vaisseau spatial ou à une salle de commandement militaire. Une sorte de « war room » qui pourrait se situer dans un bunker. Sur l'un des côtés de la pièce, un mur d'images recrache en continu les blessures du monde.

Chacun y va de ce qu'il a vu ou lu, dans les dépêches d'agence ou dans la presse écrite, locale et internationale, de ce que les correspondants en région ou à l'étranger ont souligné. Attention, cette phrase du président Trump va faire du bruit, attention, ces manifestations ne sont pas habituelles et cachent un soulèvement bien plus puissant… Le regard de Salomé s'est soudain arrêté sur l'écran de CNN, où des lettres blanches s'affichent en lettres de sang :

« AFGHANISTAN : 2 US SOLDIERS KILLED, SEVERAL WOUNDED[1] ».

Au-dessus du bandeau, des images d'un parc d'attractions où les employés sont en grève, pas d'images de combats militaires ou de corps brûlés. Ou, du moins, pas encore. À l'heure où les images traversent le monde en une poignée de secondes, les voilà soudain en train de défiler sur grand écran. Salomé a à peine eu le temps de boire une gorgée de thé que son regard est happé par le corps d'un homme tiré par deux autres soldats qui l'extirpent d'un véhicule en feu. La fumée recouvre les corps gisants et le sang ne permet pas de distinguer tous les visages. Mais elle a eu le temps de comprendre que l'un d'eux est Andrew.

Elle le sent.

« Salomé, on y va ? »

La voix du présentateur la fait sortir de sa torpeur. Il est plus de 17 h 30 et le journal commence dans moins de trois heures. Tout reste à écrire. Impossible de se concentrer depuis qu'elle a eu connaissance de cette information : deux hommes sont morts à sept mille kilomètres de Paris et l'un d'eux est sans doute Andrew. Si

1. « Afghanistan : deux soldats américains tués, de nombreux blessés ».

elle réfléchit, nul besoin de s'affoler, Andrew est censé se trouver à l'heure qu'il est sur la base américaine de Djibouti. Or, il ne lui a peut-être pas dit la vérité ou peut-être a-t-il menti par omission en ne lui disant pas qu'il s'est envolé il y a quelques heures pour l'Afghanistan. A-t-il seulement jamais mis les pieds à Djibouti ? Pourquoi ne pas attendre d'autres informations plus précises ? Elle est persuadée que l'homme qu'elle aime est blessé. Elle pense l'avoir reconnu. Et elle le ressent physiquement.

Elle hésite entre contacter les amis d'Andrew, à qui elle n'a jamais parlé, et vérifier cette information au cas où la vie d'Andrew serait en danger. L'air de rien, dissimulant l'angoisse qui commence à irradier depuis le creux de son estomac, elle regarde du coin de l'œil la moindre dépêche qui tombe, le changement de bandeau sur les écrans branchés sur les chaînes info. S'ensuit un flot d'images en accéléré, venant du monde entier. Ses gestes deviennent mécaniques, mais elle poursuit son travail jusqu'à la fin du journal.

Elle n'a d'autre choix que l'attente.

16

J'ai l'impression que toute la baraque peut entendre mon cœur. Allongé, je vois ma poitrine se soulever tant les battements sont forts. Dans ma tête, je suis libre. J'ai réussi à sortir de ce trou à rats où, depuis plusieurs mois, je m'épuise dans des travaux d'agriculture, alors que mes mains seraient plus utiles à la ferme familiale. Ici, ma vitalité s'éteint à petit feu. Ici, les hommes ne sont plus que des ombres. Ici, l'humanité a perdu son nom.

Je n'ai qu'une peur, et c'est la raison pour laquelle mon cœur bat si fort la nuit, que mon corps ne me suive pas le jour où je tenterai de m'évader. Ma peau est recouverte de pustules qui s'infectent, les puces ont infesté mes vêtements que d'autres prisonniers ont usé bien avant moi. Certains sont, depuis, sans doute morts du typhus. Je me souviens des récits de ceux qui ont vécu la guerre de 14 et qui ont évoqué, à leur retour, lorsqu'ils avaient encore la force de parler, la vermine dans les tranchées. Edmond est trop faible pour aller travailler, c'est ce qu'ont mentionné les infirmiers de la Croix-Rouge dans leur rapport lorsqu'ils sont venus visiter le camp. Il a perdu le peu de cheveux qui lui restaient après avoir été tondu à son arrivée. On lui a prescrit des médicaments. J'espère reprendre des forces pour lui, jusqu'à ce que nous puissions nous extirper tous deux de cette toile d'araignée qui chaque jour nous enserre un peu plus, avant qu'elle ne nous étouffe complètement jusqu'à rendre l'âme.

Je sais que je peux encore résister. Alors, dès que je le peux, entre deux corvées aux champs voisins pour labourer une terre que je vomis, je parcours une parcelle du chemin de ronde. Je m'exerce à la marche rapide, tente de petites foulées pour tester la vivacité de mes muscles et repère les brèches que je pourrais découper dans le grillage et sous lequel je pourrais me glisser à plat ventre le moment venu. Je suis déjà en possession d'une petite pince, que j'ai réussi à glisser dans ma chaussure après l'avoir volée dans l'entrepôt des machines appartenant aux agriculteurs chez qui je suis envoyé pour les travaux forcés, à quelques centaines de mètres du camp. Je me suis parfois demandé si je pourrais me réfugier chez eux en cas de fuite – me dénonceraient-ils ou fermeraient-ils les yeux, m'aideraient-ils ? –, mais cet emprisonnement m'a appris à mes dépens qu'il ne fallait faire confiance à personne. Pas même à mes compagnons de baraque, qui sont capables de s'entre-tuer pour un morceau de pain.

J'observe le plafond, toujours sur cette couchette où je n'ai pratiquement pas fermé l'œil en six mois. Le froid de ce mois de décembre 1940 contracte mes jambes et ma poitrine, l'humidité s'est immiscée sous ma peau. Je n'ai encore rien dit à Edmond de ce qui se trame dans son dos. Je ne lui ai rien dit non plus de mes espoirs, qui pourraient chuter comme Icare lorsqu'il s'est approché trop près du soleil. Je n'ai pas voulu lui dévoiler mon plan, car il se pourrait bien que dans quelques heures nous soyons de l'autre côté des barbelés.

Cela faisait plusieurs jours qu'en me promenant devant les miradors je croisais un soldat dont la mine était un peu moins patibulaire que les autres. J'avais remarqué, à la façon dont les officiers le saluaient et à la différence de son uniforme, que cet homme avait de hautes fonctions dans le camp, jusqu'à comprendre qu'il s'agissait du commandant. Je m'évertuais, depuis les premiers jours, à le saluer poliment. Cet homme était pourtant autoritaire, voire violent – je l'avais déjà vu donner des coups de pied à un homme à terre –, mais, en bon soldat, je respectais la hiérarchie. Plusieurs fois, je me suis risqué à aller plaider auprès de lui la cause d'Edmond, lui demandant de ménager mon ami qui faiblissait de jour en jour, proposant de travailler deux fois plus pour qu'Edmond puisse trouver des moments de repos, notamment après l'appel du matin, qu'il puisse retourner s'allonger dans la baraque un jour sur deux. Le commandant avait refusé, mais il avait pris le temps de me répondre sans me punir pour avoir osé cette requête. J'avais donc profité de cette brèche dans le mur qu'opposaient les gardiens du camp à toute discussion pour pousser encore plus loin le dialogue. J'avais notamment plaidé la cause de mes congénères quand la faim était insoutenable ou quand les colis distribués par la Croix-Rouge n'arrivaient plus. J'avais observé les soldats qui se servaient à l'abri des regards, mais pas du mien, dans les denrées livrées par les familles. Nous les entendions tous festoyer une fois la nuit tombée. J'avais honte pour eux. Je n'étais pas un partisan de la vengeance et n'osais y penser, mais je savais qu'un jour ils paieraient pour ce qu'ils avaient fait.

Le commandant m'avait fait venir dans son bureau pour me sonder, je le sentais, il voulait savoir qui était ce petit Français si rebelle. Il avait dit cela non pas en allemand, une langue que je ne parlais pas, mais bien en français, dont il maniait le vocabulaire avec subtilité pour sans doute m'impressionner. Mais c'était mal me connaître.

Je me demande encore d'où m'est venue cette intuition qu'il fallait enchaîner les mots jusqu'à arriver à la révélation. J'ai beau me repasser dans ma tête, comme un film, le fil de notre discussion, je n'arrive toujours pas à comprendre comment le miracle s'est produit.

C'est au moment où j'ai parlé de mon caractère taillé dans les pierres d'Ardèche que j'en suis venu à évoquer ma terre natale. Oui, c'est sans doute à ce moment-là que j'ai vu blêmir le commandant.

« Excusez-moi, vous venez d'évoquer l'Ardèche. Mais pouvez-vous répéter le nom du village dont vous êtes originaire ? »

Je n'ai pas compris tout de suite pourquoi un commandant allemand s'intéressait à ce point à la géographie ardéchoise. J'avais donc précisé, expliqué comme je le pouvais, avec les termes géographiques que j'avais appris, moi qui ne me repérais que grâce aux paysages au bord des routes, à un virage, à un bois de châtaigniers. Quand j'ai prononcé le nom du village, je me souviens que le commandant a toussé, comme pour reprendre son souffle. Il est soudain devenu pâle. Il a ouvert devant moi une sorte de registre.

« Redites-moi votre nom de famille s'il vous plaît ? »

Je lui répétai mon nom.

« Est-ce que vous connaissez la ferme de Lubac ? »

Silence.

« La ferme de Lubac », a-t-il répété, en insistant sur la dernière syllabe, qu'il prononçait avec l'accent allemand.

Cette fois-ci, c'est moi qui ai blêmi. Il venait de prononcer non seulement le nom de mon village, mais celui de gens que je connaissais bien puisqu'il s'agissait de mes voisins en Ardèche. Comment ce commandant allemand pouvait-il connaître un hameau situé loin de ce camp, loin de la guerre et qui plus est une ferme que peu de gens connaissaient, hormis les voisins, les amis, et les travailleurs saisonniers qui étaient chaque année de passage près de chez nous ? Les yeux bleus du commandant fixaient les miens en train de décrypter l'encre du registre qui recensait le nom des prisonniers.

Le commandant a repris la parole en se raclant la gorge et a évoqué, dans un français presque sans accent, son passé de jeune soldat pendant la Première Guerre mondiale, l'aviation qu'il n'avait pas choisie, mais vers laquelle son père l'avait dirigé. Les forces aériennes dans lesquelles tous les hommes de la famille s'étaient toujours engagés, puis les combats, son avion touché par un tir ennemi, un parachute qui lui a sauvé la vie, le saut en dernière minute de son avion avant l'embrasement, puis la chute en pleine campagne dans le sud de la France.

« Moi aussi, j'ai été fait prisonnier, voyez-vous. Mais il ne s'agissait pas de la même guerre. »

Près de trente ans nous séparaient.

« Comme une grande partie des prisonniers allemands à l'époque, j'ai été envoyé dans une famille d'agriculteurs, enrôlé aux travaux des champs dans les fermes dont les hommes étaient partis à la guerre et qui avaient besoin de bras. Mais mieux valait cela que d'être prisonnier dans un camp, croyez-moi. »

C'est ainsi qu'il s'était retrouvé dans une ferme ardéchoise, et pas n'importe laquelle : une ferme du hameau où j'avais grandi.

Cet enfant de deux ans qui restait à la ferme dans les bras d'une jeune femme à la beauté qui avait fasciné le jeune commandant, c'était donc moi, André, sur les genoux de ma mère.

Je n'avais bien sûr aucun souvenir de ce jeune Allemand qui avait vécu chez mes voisins, mais le commandant, lui, se souvenait parfaitement de cette période qu'il avait pourtant enfouie dans un coin de sa mémoire, et qui soudain lui revenait comme le sifflement d'une balle qui aurait frôlé son oreille. Le bourdonnement qui s'en suivit le laissa dans un état second. Il fixa le mur.

« Je me souviens de tout. Du regard bleu de votre mère, du goût des pommes de terre cuites dans l'âtre, de la bonté de ces paysans qui m'avaient finalement considéré, au bout de longs mois, comme l'un des leurs. Je dois dire qu'ils m'ont très bien traité. »

Le commandant avait repris soudain sa position hiérarchique, comme s'il souhaitait n'afficher aucune faiblesse. Hors de question pour lui de faire preuve de sensiblerie. Mon cerveau s'était mis en éveil. J'avais réfléchi, et vite. Et j'avais eu une idée.

C'est lorsqu'il s'est apprêté à se lever que j'ai osé m'adresser une nouvelle fois à lui pour demander une faveur. Quitte à mourir sur-le-champ. C'était quitte ou double. Mais j'ai joué cartes sur table. Puisque ma famille avait pris soin de lui alors qu'il aurait à l'époque pu être fusillé, il avait une dette envers eux.

« Commandant, je souhaiterais que vous m'aidiez à m'évader. Vous n'aurez rien à dire. Et presque rien à faire. Simplement, lors de la prochaine nuit, baisser la lumière des miradors et ne pas fermer à clé la porte d'entrée pour que je puisse quitter le camp. »

M'aider à m'évader était un grand mot, je lui demandais simplement de m'aider à retrouver la liberté. Celle que l'Ardèche lui avait permis de vivre trente ans plus tôt.

Le commandant n'a pas dit oui, ni « Ja », il a simplement pris un temps de silence, s'est approché de la fenêtre pour fixer l'horizon, avant de hocher la tête.

Il ne s'est pas retourné, sans doute pour ne pas avoir à croiser mon regard. J'ai prononcé un « merci » en fixant son profil, avant de fermer délicatement la porte derrière moi.

Ce que je ne lui ai pas dit, c'est que je ne comptais pas m'évader seul. J'ai toujours su que je m'échapperais et le miracle était arrivé. Il était juste là, de l'autre côté de la nuit.

Avant de me coucher, j'observe une dernière fois la lune, celle qu'aperçoivent tous les hommes et toutes les femmes du monde. Et je rêve un instant que Blanche la contemple en même temps que moi, que nos regards se rejoignent dans ce croissant de lumière.

17

Salomé a sauté du plongeoir pour éprouver la sensation du vide. Elle a éclaboussé avec panache tous ceux qui s'apprêtaient à entrer dans l'eau ou en sortaient. Elle ne supporte pas ceux qui dans la vie se comportent ainsi, les filles qui arrivent en retard à un dîner juste pour le plaisir de faire une entrée théâtrale, les hommes qui dans les mêmes dîners parlent trop fort pour qu'on les entende de l'autre côté de la table, ou encore ceux qui, au théâtre, restent debout devant leur siège avant que la pièce ne commence, pour le simple plaisir de se faire remarquer. Ce matin, Salomé est cette fille qui saute pour que ses larmes se diluent dans l'eau de la piscine, qui veut crier au monde que l'homme qu'elle aime est peut-être mort et qu'elle ne survivra pas à un tel choc.

Cela fait dix-huit heures qu'elle n'a aucune réponse aux trois messages qu'elle a envoyés à Andrew, ainsi qu'à ceux qu'elle a distillés en privé sur ses réseaux sociaux, leurs chemins de traverse, ces multiples canaux de transmission qu'ils ont à leur disposition et qu'ils utilisent d'ordinaire peu. Tous sont restés muets.

« *Mute* », comme dirait Andrew.

Sauf qu'il ne dit plus rien.

Salomé enchaîne les longueurs pour suspendre le temps et scrute les profondeurs chlorées comme si une solution allait faire surface, *se révéler* comme une substance chimique. Soudain la douleur lui transperce le plexus, aussi puissante qu'une piqûre. Elle se recroqueville sur elle-même et boit la tasse, se débat pour remonter à la surface, quand une main s'empare fermement de son bras et lui permet de regagner le bord. Elle s'agrippe à la margelle, crache l'eau qui obstrue sa trachée et bascule sur le rebord de la piscine.

Elle reste un moment allongée, les yeux fermés, pour reprendre son souffle. Quand elle les rouvre, un regard bleu est planté dans le sien.

« C'est une crampe qui vous a paralysée ? Vous nous avez fait peur. »

C'est le maître-nageur qui l'a sortie de l'eau. Salomé ne parvient pas à parler. Ses mots s'échappent en larmes. Il a dit « nous » pour ne pas dire « je », car en réalité il n'y a plus personne au bord du bassin. Les nageurs du matin ont repris leurs habits de la vie civile et ont regagné leurs bureaux disséminés dans Paris ; ceux de la pause déjeuner ne vont pas tarder à arriver. Entre les deux, ils sont seuls. Vus du ciel, une jeune femme allongée dont le maillot dessine un point corail près du grand bassin turquoise ; à ses côtés, un point moutarde est penché sur elle, le seul homme qui, à cet instant, s'inquiète pour elle.

Il a posé sa main sur sa gorge pour prendre son pouls. Il l'aide à se relever et à s'asseoir. Salomé manque de souffle. Elle n'a aucune nouvelle d'Andrew, ne sait pas où il se trouve, blessé et transporté dans un hôpital de campagne, déjà rapatrié aux États-Unis, ou alors en pleine santé en train de s'entraîner avant une prochaine mission. En pleine vie ou grièvement blessé, son cerveau passe d'une image à l'autre. Est-il seulement en Afghanistan ? Se peut-il que ce soit son imagination qui lui ait joué des tours en lui faisant entrevoir sur un écran de télé son visage dans la poussière ? C'est lorsqu'elle l'a imaginé laissé pour mort au bord d'un chemin afghan rocailleux qu'elle a senti la douleur lui arracher la poitrine.

En larmes, elle tente de se reprendre, d'articuler. Le maître-nageur l'invite à respirer lentement. Impossible de la laisser repartir dans cet état. Il l'invite à le suivre et l'installe sur une chaise longue, dans le solarium, près des grandes plantes tropicales. Elle s'allonge sur une serviette céladon, un rayon de soleil se fraie un chemin à travers les grandes feuilles du spathiphyllum, cette plante qu'on appelle aussi fleur de lune ou lys de la paix. Va pour la paix, ça lui va bien. Après tout, c'est le contraire de la guerre.

Et Salomé ferme les yeux.

18

L'attente est interminable. L'attente, c'est le silence des armes avant la violence des combats dans les plaines venteuses de l'est de la France, c'est le mutisme de Blanche en attendant ses lettres, c'est le temps ralenti dans cet espace où le corps est enfermé, mais c'est aussi l'espoir de s'évader par l'esprit. Et c'est l'espoir d'avoir été entendu par le commandant du camp.

J'ai l'impression que ce moment est le simple fruit de mon imagination. Mais je ne suis pas fou, il a réellement existé. J'observe le soleil décliner à l'horizon au bout du champ. Et quand les barbelés ont commencé à frotter le cœur rouge de l'astre de feu, j'ai su que l'heure était venue.

Je n'avais prévenu aucun de mes camarades de baraque pour ne pas créer d'agitation. Alors, quand l'obscurité a recouvert la grande cour du camp, j'ai fait le tour des couchettes pour leur donner, à chacun, un coup sec sur l'épaule.

« On part, lève-toi ! »

Sans faire de bruit, sur la pointe de mes chaussettes trouées, je me faufile comme un furet, convaincu que mon plan est en marche. En éclaireur, je suis le premier à sortir de la baraque et, saisi par le froid, à longer le mur les mâchoires crispées, à traverser à vue la cour, le buste baissé, guidé par le chemin tracé par les ombres des guérites des soldats, jusqu'à atteindre le grand portail de l'entrée. Le verdict se situe là, juste à l'intérieur de ce mécanisme rouillé. Je tire sur la poignée. Je ne sens plus mes mains, mais bien mon cœur, prêt à exploser dans ma poitrine. J'ai l'impression que chaque geste que je fais devant la porte va réveiller les chiens et signer mon arrêt de mort. Le moindre son est décuplé. Enfin, le cliquetis de la serrure résonne avant de laisser place à la liberté.

Celle-ci était donc si proche, grâce à un homme que je ne connaissais pas, mais qui avait décidé de me sauver la vie. D'un seul mot, le commandant pouvait décider de mon arrestation, il a choisi de m'offrir un sursis en baissant la lumière des miradors et en ne fermant pas à clé la grande porte. Je lève les yeux vers la lune, dont les reflets blancs éclairent le champ devant moi. Ce soir-là, elle était entourée de milliers d'étoiles. Le ciel au-dessus de mes yeux ne m'avait jamais semblé aussi pur. L'horizon était dégagé.

Je me ressaisis aussitôt pour retourner sur mes pas et faire signe à mes camarades de me rejoindre. Ceux qui ont accepté de me suivre dans cette évasion sans savoir si elle aurait lieu défilent un à un devant moi. Mes yeux scrutent chaque geste, mes oreilles sont attentives au moindre bruit qui pourrait nous trahir. Les chiens restent muets. Quand tous les prisonniers ont franchi le portail de l'entrée, je prends soin de le refermer comme si rien ne s'était passé. Sans me retourner. La vue de ces hommes avançant à plat ventre sous les barbelés me donne le frisson. Je me mets à leur suite – comme un capitaine sur un bateau naufragé, je suis le dernier à partir. Ils ont ordre de m'attendre sous les grands sapins au bord de la route. Je les compte : diable, ils sont près de cinquante.

19

Salomé ouvre les yeux sans savoir combien de temps elle a dormi. Dix minutes ou deux heures.

« Un instant encore, regardons ensemble les rives familières, les objets que sans doute nous ne reverrons plus. Tâchons d'entrer dans la mort les yeux ouverts. »

Elle ouvre les yeux. Encore lui. Le maître-nageur. Lisant à haute voix, avant de refermer son livre. Elle le fixe, interloquée.

« Marguerite Yourcenar, *Mémoires d'Hadrien*.

– Et ? Ce n'est pas vraiment le moment, là.

– Ce n'est jamais le moment pour lire Marguerite. Il faut le saisir.

– J'attends un appel. »

Les paupières à moitié refermées, elle cherche de la main son portable.

« Pas de panique, votre portable est là. Je vous ai apporté votre sac du vestiaire, on va bientôt fermer. J'allais vous réveiller. À moins que vous préfériez passer la nuit ici. »

Salomé ne l'écoute plus. Elle fait défiler les messages reçus pendant son sommeil. Aucun ne provient d'Andrew. Faut-il qu'elle prenne de ses nouvelles auprès de l'un de ses amis ? Sa famille ? Salomé n'a le contact et n'est « amie » avec aucun d'entre eux sur les réseaux sociaux. Elle a connaissance d'un ou deux noms et pourrait retrouver ses sœurs. Mais que leur dire ?

Elle repose son téléphone sur sa serviette et commence à enfiler sa robe sur son maillot quand elle s'aperçoit que son chaperon est toujours là.

« Je suis désolée, vous avez dû me trouver très impolie. Merci de m'avoir sortie de l'eau tout à l'heure.

– L'essentiel est que vous alliez bien.

– Vous n'avez toujours pas fini votre livre, depuis le temps ? Cela fait des semaines que je vous vois avec Marguerite Yourcenar à la main. Avouez que, au bord d'une piscine olympique, ce n'est pas courant. C'est une technique de drague ou vous le lisez vraiment ?

– Je viens de vous lire la dernière phrase des *Mémoires d'Hadrien*, mais, visiblement, vous ne l'avez pas appréciée. "Tâchons d'entrer dans la mort les yeux ouverts." Il n'y a rien de plus beau, non ?

– C'est très beau, oui. Mais si vous pouviez éviter de prononcer ce mot, "mort".

– L'empereur Hadrien va mourir, il est au crépuscule de sa vie. Je n'y peux rien. »

Salomé rassemble ses affaires. Il éteint les lumières. La piscine apparaît dans son décor de nuit. Les petits spots invisibles de jour projettent leur lumière dans le rectangle bleu ciel. Les feuillages du solarium semblent composer une forêt vierge, leurs ombres agrandies par les reflets de lumière dansent autour du bassin.

20

Je leur demande de rester accroupis le temps d'écouter la nuit. Je veux être sûr que personne n'a encore donné l'alerte de notre évasion avant de faire le moindre pas. Je suis le seul debout, mais ma petite taille me permet de me faufiler entre mes camarades et de scruter leurs yeux effarés par ce que nous venons d'accomplir. Un doigt sur la bouche, je leur fais signe de ne pas prononcer le moindre mot. C'est moi qui parlerai et donnerai les ordres. J'ai pris l'habit du guide, à la vie comme à la mort, je n'ai pas droit à l'erreur, mais je suis persuadé que mon plan les sauvera de la mort pour les ramener à la vie. À eux, maintenant, de me faire confiance.

Au bout de quelques minutes, je me redresse et leur fais signe de me suivre en marchant en silence. Je prends la tête du cortège en m'enfonçant dans la forêt. Nous avons franchi en sortant du camp la majeure partie à découvert, les grands arbres sont désormais nos alliés.

Nous allons marcher ainsi plusieurs heures sans vraiment savoir dans quelle direction nous partons. Ma crainte est de nous enfoncer encore plus loin à l'est et donc de nous éloigner de la France, mais je ne laisse rien paraître. J'essaierai de me repérer avec le lever du soleil. Mes camarades ne pipent mot.

Je repense à mon départ à la guerre, il y a de cela près d'un an et demi, beau comme un dieu dans mon costume de jeune soldat à l'avenir plein de promesses, m'engageant pour sauver la France, participer à un destin commun. L'enfermement n'a pas brisé en moi la force de me battre, j'ai trouvé les ressources pour échafauder ce plan d'évasion, mais il a tout de même cassé une partie de mon être. Meurtri mon corps et anéanti mon insouciance à tout jamais. Brisé Edmond aussi. En le voyant couper, pour étancher sa soif, ces plantes qui ressemblent aux « nombrils de Vénus » et que nous nous amusions à cueillir, petits, sur le chemin de l'école, je remarque soudain ses doigts noués, ses ongles cassés, ses veines saillantes et surtout ces tremblements qu'il n'avait pas avant d'être fait prisonnier. Le camp a multiplié les années.

Bien que nous n'ayons jamais cessé une activité physique, force est de constater que nous traînons désormais des corps de vieillards.

Je n'ai encore une fois aucune idée du temps qui passe, je n'ai rien pour écrire le nombre de jours et de nuits parcourus dans ces paysages allemands que nous découvrons. Mon cerveau ne réfléchit plus, la moindre énergie est dépensée à imaginer comment récupérer de l'eau de pluie pour boire et voler des légumes ou des poules aux fermes que nous dépassons. Je me sens responsable de ce groupe de grands gaillards qui commencent à souffrir de faim, de fatigue, d'impatience. Chacun est pressé de retrouver son épouse, sa fiancée, ses parents, un lit où dormir serein sans avoir peur. Nous évitons de penser aux représailles. Car nous sommes bel et bien ce que nous appelons des déserteurs.

Mais comment imaginer un futur quand on a été des mois durant habitué à ne penser qu'à la minute suivante, sans jamais penser à demain ?

Près de cinquante hommes dans ces contrées, cela ne passe pas inaperçu, il faut se méfier. Et tous mes camarades ne sont pas originaires de la même région, alors très vite certains prennent la décision de se séparer en petits groupes. Je ne peux qu'approuver. Et finalement j'en suis presque soulagé. Pas d'effusion de sentiments au moment des adieux, quelques accolades en silence, des yeux rougis qui remplacent les longs discours, on promet en quelques mots de se recontacter après la guerre si par bonheur elle prend fin un jour.

Nous ne sommes plus que sept dans mon groupe, sept compagnons d'armes à prendre la direction du sud. Edmond toujours à mes côtés. Je veille sur lui comme sur un frère. Nous ne savons pas où nous allons, ni dans quelle direction. Nous privilégions les forêts aux grandes étendues, où il faut marcher à découvert. Nous n'avons qu'une hâte, reconnaître la végétation qui nous orientera vers la vallée du Rhône. Quand nous l'apercevrons, c'est que notre chemin aura déjà un goût de liberté.

21

Salomé a hélé un taxi comme seuls savent le faire les Parisiens. D'un mouvement du poignet semblable à une figure de flamenco, suivi d'un brusque geste de recul, au moment où la voiture a freiné d'un coup sec, comme l'aurait fait un torero à l'approche de l'animal. Une touriste aurait sagement attendu qu'un taxi s'arrête, aurait hésité à monter, se demandant si la voiture était bien disponible. Salomé, elle, était prête à voler la place de quelqu'un pour quitter ces maudits quais où les voitures filent à toute allure. Cela lui rappelle les jours de grève où les piétons attrapent les taxis comme le dernier chocolat au fond de la boîte. On commence par observer celui qui est seul, on hésite et on finit par sauter dessus, quitte à empoigner son rival. Plus rien n'existe alors.

Salomé s'engouffre dans le véhicule, mais celui-ci met du temps à démarrer. Le chauffeur entre son adresse de destination dans le GPS, commente la météo, les premiers flocons qui recouvrent le bitume, ils ne resteront pas, c'est triste pour les enfants, mais heureusement pour lui, il ne peut pas se permettre de rater une course. Vous savez ce que c'est, ces jolis flocons sont beaux à la campagne, mais ne sont pas faits pour les villes comme Paris, le blanc se transforme vite en boue et bonjour les glissades et les embouteillages. Les gens pressés préfèrent prendre le métro.

Le visage collé à la vitre, Salomé n'écoute plus la complainte du chauffeur, mais pense à tout ce que contiennent ces flocons, les promesses de l'enfance, la nostalgie de Noël que l'on passe sa vie à essayer de retrouver. Le crépitement d'un feu de cheminée, le moelleux des chaussettes en laine sur le parquet, le parfum des écorces de mandarine qui se consument dans les flammes, le scintillement des décorations de la table du réveillon, les sourires des membres de sa famille. Dans les souvenirs d'enfance, on a toujours l'air heureux.

Salomé attend les fêtes avec impatience, mais redoute les déceptions et les frictions inhérentes aux retrouvailles en famille. Pourquoi placer autant d'espoir dans ces moments de vie qu'elle imagine comme des chromos dont les couleurs s'effacent d'année en année ?

Les embouteillages gonflent et saturent les artères qui l'emmènent au bureau. Elle pensait arriver plus vite en voiture qu'en métro. Elle envoie un message pour signaler son retard et aperçoit sur son écran deux appels en absence d'un même numéro fixe provenant du sud de la France. Son correspondant a laissé un message. Salomé perçoit une voix féminine, malheureusement le message est incompréhensible, des bribes de mots parviennent hachés à son oreille. La fin du trajet lui laisse le temps de rappeler son interlocutrice. Un enregistrement sonore se met en route. Archives de l'Ardèche. Son cœur se met à battre plus vite, quelqu'un décroche. Elle se présente.

« Je viens d'être appelée par une personne de vos bureaux, mais le message qu'elle m'a laissé est inaudible. Je ne sais s'il m'était destiné, d'ailleurs, mais…

– Vous êtes Salomé ?

– Oui !

– C'est moi qui vous ai appelée. Je m'appelle Émilie. Enchantée.

– Enchantée, Émilie.

– J'ai bien reçu votre mail au début de l'été. Je suis désolée, je n'ai pas pu vous rappeler avant, car je n'avais aucune information à vous communiquer. Mais, depuis, j'ai effectué des recherches. Car je dois vous confier quelque chose : quand j'ai vu l'intitulé de votre mail et le nom de votre aïeul, j'ai prévenu mes collègues que je tenais à m'occuper personnellement de votre demande.

– Ah oui ?

– Oui, car le nom de votre aïeul, je l'ai entendu très souvent dans mon enfance, chez moi, mon père en parlait comme d'un héros. Et j'ai aussitôt fait le lien avec votre prénom, mon père a été votre instituteur quand vous étiez petite.

– Incroyable. Je me souviens très bien de votre père.

– J'ai effectué quelques recherches et j'ai retrouvé la fiche du registre militaire d'André. Je vais vous l'envoyer par mail dans quelques minutes. Il y a des renseignements intéressants. Par exemple, il est écrit qu'il "cesse la captivité le 19 décembre 1940". Vous saviez qu'il s'était échappé du camp où il était prisonnier ? »

Salomé suspend son souffle, silencieuse.

C’était il y a près de quatre-vingts ans jour pour jour. Un soir de décembre comme celui-ci, où le froid tailladait les mains et l’extrémité des pieds.

22

Blanche avait remis une bûche dans le poêle. Elle s'attardait quelques secondes devant les flammes qui crépitaient au moment où elles avaient léché le bois sec pour réchauffer ses pieds. Sensible aux engelures depuis le jour où, à l'âge de huit ans, elle avait cru perdre ses orteils après une longue marche dans la neige. Dès que la température tombait en dessous de zéro, tout le monde savait que Blanche restait à l'intérieur. Bien au chaud, enroulée dans son châle tricoté au début de la guerre, sa mère la laissait vaquer à ses occupations intérieures. Elle sortait en coup de vent ramasser les œufs dans le poulailler, mais ne s'aventurait pas plus loin que le bout du hameau. Ce n'était pas elle qui sortait les bêtes ni elle qui restait immobilisée à tirer le lait des quatre vaches dont son père avait du mal à se séparer. Elle passait des heures à éplucher les carottes, les poireaux et les raves que sa mère faisait pousser sous la maison, et les faisait cuire à petit feu pour que la soupe soit chaude à leur retour des champs.

Et lorsque l'éclat d'une étincelle la tirait de sa rêverie, Blanche refermait avec fracas la lourde porte en fonte du poêle et se dépêchait de balayer les éclats de cendre. Les yeux dans le vague, fixant le broc en faïence bleu et blanc qui l'attendait pour sa toilette, elle pensait à Edmond, qu'elle épouserait à son retour du camp, s'il était libéré un jour. Elle l'imaginait lui versant un filet d'eau chaude sur les épaules lorsqu'il prendrait son bain. Elle gardait dans sa mémoire le souvenir du baiser qu'il lui avait déposé à la naissance du cou avant de partir à la guerre. Elle s'en souvenait de façon très distincte. Ils revenaient de la fête qui avait été organisée en l'honneur de ces jeunes engagés qui quitteraient le village le lendemain à l'aube. Edmond l'avait raccompagnée jusque devant sa porte. Elle n'avait pas osé le faire entrer. Elle avait aperçu le visage de sa mère passer furtivement, telle une ombre derrière les rideaux. Elle n'avait prononcé aucun mot. Edmond avait posé son index sur sa bouche et dessiné l'ovale de son visage. Ses larmes parlaient pour elle. Les yeux rouges, Edmond s'était penché pour embrasser le creux de son cou. Elle n'avait jamais eu le courage de laver le corsage qu'elle portait ce jour-là. Depuis, elle l'attendait. Les dernières nouvelles qui lui étaient parvenues par un courrier de la Croix-Rouge après une visite à l'infirmerie l'avaient effrayée. Mais tant qu'on ne lui avait pas annoncé qu'il était mort, elle préférait se dire qu'il était vivant. Et elle comptait sur André, le meilleur ami d'Edmond, pour le lui ramener sain et sauf. Un homme futé et d'une force invincible. Elle savait qu'il serait prêt à risquer sa propre vie pour Edmond. Alors, tous les soirs, elle priait pour que les deux hommes apparaissent enfin, tout au bout du chemin, dans la poussière et les premières lueurs du jour.

23

Salomé essaie de retracer leur itinéraire depuis leur évasion. Comment ces deux Ardéchois ont-ils pu survivre à cette guerre, à leur captivité, aux maladies transportées par les vermines du camp ? Quelle force de caractère et quel courage leur a-t-il fallu pour affronter la peur, le froid et la mort qui rôdaient à chaque instant ?

Elle prend conscience de ce qu'ont enduré ces hommes et ces femmes qui les attendaient, et mesure qu'un siècle s'est écoulé entre cette histoire et celle qu'elle vit aujourd'hui, alors qu'elle se retrouve dans la peau d'une Pénélope des temps modernes, n'ayant à son tour aucune nouvelle de l'homme qu'elle aime. Elle ne peut s'empêcher de penser à l'une de ses arrière-grands-mères, qui a patienté cinq ans avant de retrouver l'homme qu'elle venait d'épouser et dont elle attendait un enfant à son départ à la guerre. La vie n'est faite que d'attente et de pointillés, d'histoires interrompues, de bonheurs et de malheurs, de chagrins et de retrouvailles.

Face au silence abyssal d'Andrew, Salomé a consulté son profil sur les réseaux sociaux. Aucune actualité depuis des semaines. Elle est à la fois inquiète de ne pas voir de nouvelles récentes et en même temps rassurée de ne pas découvrir quelque chose qui l'aurait terrifiée. Comme le corps d'Andrew sur un lit d'hôpital ou, pire, quelques mots annonçant son décès. Salomé consulte les dernières photos qu'il a postées, des clichés, remontant à quelques mois déjà, de voyages aux quatre coins du monde, du Venezuela à l'Afrique du Sud, aux côtés de copains qui appartiennent comme lui à l'armée, lui avait-il dit un jour au détour d'une conversation. Elle observe en détail ces jeunes hommes athlétiques avec des physiques en effet taillés pour la guerre. Salomé repère une photo de lui prise par elle à Paris, devant la pyramide du Louvre illuminée. Un cliché qui a recueilli un très grand nombre de *likes*. Elle sourit en lisant les commentaires de ses amis sous la photo.

Salomé fait glisser le curseur plus bas, puis remonte tout en haut de la page. Elle se rend à l'évidence : Andrew n'a rien publié de récent et personne n'a pris de ses nouvelles publiquement. Elle se résout alors à cliquer sur le profil de plusieurs de ces GI qui semblent ses amis. Et leur envoie à chacun un message privé. Trois en tout. Elle efface plusieurs fois ses mots pour recommencer. Elle ne sait comment se présenter. Ex petite amie, amie française, connaissance lointaine… Elle opte pour amie proche. Et clique sur « envoyer ». C'est une première étape. Si aucun d'eux ne répond, elle pourra toujours contacter son père ou sa belle-mère, dont les profils s'affichent sur les photos de famille postées par Andrew lors des fêtes de Thanksgiving ou d'escapades estivales.

Ce n'est qu'en fin de soirée, alors qu'elle est alanguie sur son canapé, consultant nerveusement les sites d'info américains sur son téléphone, à la recherche du moindre indice supplémentaire à propos de l'explosion dans laquelle elle est persuadée qu'Andrew a été blessé, qu'elle entend un tintement indiquant la réception d'un message privé sur l'un de ses réseaux sociaux. Un message provenant d'un certain Matt, à qui elle avait écrit. Elle avait déjà regardé, plusieurs fois dans la journée, si ses messages avaient été lus. Deux sur trois l'avaient été, mais personne n'avait répondu.

C'est le troisième qui lui écrit. Commençant par un « *Hi* Salomé » qu'elle entend traversant l'Atlantique. Les Américains ont cette faculté à entamer les conversations avec joie et énergie, même quand elles s'avèrent tristes par la suite. Matt était bien un ami d'Andrew. Un ami de l'armée. Il était touché que Salomé prenne de ses nouvelles, car il lui avait parlé d'elle récemment. Matt n'était pas avec Andrew lors de cette mission en Afghanistan au cours de laquelle deux soldats avaient été tués et de nombreux autres avaient été blessés. Mais, oui, Andrew était l'un des militaires de cette expédition. Il n'y avait pas deux morts, mais près de dix, et Andrew faisait partie de ceux que les médias appelaient les « nombreux blessés ». Oui, un engin explosif non identifié avait pulvérisé le véhicule dans lequel il avait pris place. Matt avait réussi à glaner quelques informations par le commandant de la base, qui était un de ses anciens chefs. Mais, non, il ne savait pas du tout dans quel état se trouvait Andrew à cette heure-ci, ni même s'il était encore en Afghanistan.

Matt était désolé de faire connaissance avec elle par le biais de cette si mauvaise nouvelle…

24

J'attrape le bras d'Edmond pour le faire glisser par-dessus mon épaule et ainsi alléger un peu le poids de son corps. Ses pieds raclent la poussière du chemin. J'ai l'impression de porter un arbre mort. Plus que trois cents mètres avant le virage et, si tout va bien, je devrais bientôt voir apparaître le village. Notre hameau et nos familles. Si elles vivent encore. Ou si elles n'ont pas quitté les lieux.

Qui sait ce qui s'est passé pendant notre absence ? Nous sommes partis depuis un an, mais cela semble un siècle. Il s'est passé tellement de choses. Pourrons-nous seulement les raconter ? Nos proches auront-ils envie d'entendre ces récits de guerre et de malheurs ? Ne sera-t-il pas préférable de profiter simplement de l'instant ?

C'est un miracle que nous soyons tous les deux rentrés vivants. Nous avons dit au revoir, sur le chemin du retour, à nos camarades d'infortune, promettant de nous revoir bientôt. Le pourrons-nous ? J'ai bien peur de ne jamais avoir envie de rouvrir cette page de nos vies.

Nous ne sommes plus que deux à avancer péniblement sur le long chemin de terre qui mène au bourg de notre enfance dans les premières lueurs de l'aube. Deux silhouettes revenues d'un autre monde, celui où nous aurions souhaité ne jamais mettre les pieds. Un monde où les morts sont plus nombreux que les vivants.

« Tu crois qu'elle m'a attendu ? »

Edmond a prononcé cette phrase dans un murmure assourdi par le bruit des petits cailloux traînés par ses bottes.

« Qui ça ?

– Blanche... »

Je me suis arrêté et j'ai fait basculer son corps face à moi pour le regarder. Les yeux ouverts, il fixe désormais mon visage avec une émotion que je ne lui connais pas.

Je ne sais que répondre. Je fais une pause avant de repartir. Et, pointant du doigt, au loin, le hameau, où plusieurs lumières témoignant d'une présence humaine, je lui réponds dans un sourire :

« Bien sûr qu'elle t'a attendu, ta Blanche. Que veux-tu qu'elle ait fait d'autre que de t'attendre ? »

En mon for intérieur, je n'en menais pas large. Il se pouvait bien que Blanche ne soit plus de ce monde, ou qu'elle ait fui, ou encore – et j'essayais tant bien que mal de chasser cette pensée furtive qui cognait contre mes tempes – qu'elle n'ait pas attendu. N'ait plus attendu. Qu'elle n'ait plus eu la force d'attendre Edmond et qu'elle se soit mariée avec un autre. Un gars du village. Ils étaient plusieurs, déjà, avant la guerre, à lui faire des clins d'œil lorsqu'ils la croisaient au marché ou lorsqu'elle revenait des champs. J'avais repéré ses prétendants, je ne suis pas né de la dernière pluie, mais je n'en avais dit mot à Edmond. Je ne voulais pas que mon ami soit blessé. À travers ces jeux de regards que je m'amusais à débusquer, c'est ma propre jalousie que j'attisais. Et je préférais encore que l'heureux élu soit mon ami Edmond plutôt qu'un inconnu qui emporterait mon amour secret loin du hameau et m'empêcherait peut-être à jamais de l'approcher. Si Blanche épousait Edmond, c'était pour moi la promesse de ne jamais cesser de partager des moments avec elle. Ne serait-ce que pouvoir croiser son regard clair. Ce regard que je n'ai jamais oublié. Et qui m'a permis de rêver, quand le cauchemar prendrait fin, à la promesse d'un retour.

Nous avancions comme des ombres vers les lumières qui guidaient nos pas. Plus nous nous rapprochions des premières maisons et plus le nombre de fenêtres illuminées augmentait. Elles étaient deux, puis trois à soudain briller, alors que le hameau comptait moins de dix habitations. De loin, je reconnus Jeannette, la voisine de mes parents, qui balayait l'escalier de sa maison. Le bruit du balai résonnait contre les pierres, dans la pénombre, et me plongea soudain dans ma vie d'avant, témoin englouti d'un quotidien qui faisait soudain surface. Je me figeai pour l'observer. Edmond ne pouvait de toute façon plus avancer. L'émotion le paralysait. Au loin, la silhouette habillée de noir stoppa son geste et émit un cri. Un pot de fleurs dégringola de l'escalier dans un bruit assourdissant. Des portes s'ouvrirent, des rideaux furent tirés. Ils étaient soudain plusieurs hommes et femmes à avancer vers nous. Certains se servaient de leur main comme d'une visière, comme si ce geste permettait de mieux distinguer l'identité de ces deux hommes qui marchaient, hagards, à leur rencontre. Les pas de la petite foule étaient d'abord hésitants, puis certains arrivaient maintenant en courant. Ils avaient compris.

Je ne pus dire mot. Aucun son ne sortait de ma bouche. L'émotion, sans doute. Les jours suivants, je me remémorerais ce moment où je fus porté jusqu'à la maison de mes parents, brandi par des bras levés et des mains qui me serraient comme pour vérifier que j'étais bien là, parmi eux. Que c'était bien moi, André.

Edmond, lui, s'était écroulé à terre, épuisé par le voyage et soulagé de retrouver enfin la terre de son enfance, qu'il ne pensait jamais revoir.

Je le lui avais promis. Et j'avais tenu parole.

Je ne sais combien de temps j'ai dormi. Mais, lorsque j'ouvre les yeux, c'est le visage de ma sœur que je vois en premier. J'avais tant rêvé revoir Blanche. Pour l'heure, je perçois un brouhaha dans la pièce d'à côté, je reconnais la voix de mon père, puis celle de mon frère. La famille est réunie. On ne m'a pas encore dit que ma mère s'est éteinte, emportée par le chagrin de ne jamais revoir son fils, mais je l'ai deviné. J'ai trouvé étrange de ne pas la voir à mon arrivée. On m'a dit qu'elle était alitée, mais je sais que c'est pour l'éternité.

Ma sœur remet en place le cataplasme qu'elle m'a posé sur le torse. Elle panse mes blessures, ne connaissant pas encore l'étendue de mes dou-

leurs intérieures. De mon lit, à présent, je sens le bon repas qui mijote déjà sur le poêle et la rôtie de châtaignes qui éclate dans les braises. Ces odeurs que j'avais oubliées depuis des mois refont surface.

« Joyeux Noël, André ! »

J'écarquille les yeux.

« Tu nous as fait le plus beau des cadeaux. »

Je ne dis toujours aucun mot. Je ne savais même pas que mon retour avait coïncidé avec le jour de Noël.

25

Ce jour de Noël, Salomé l'a toujours redouté. Elle ne s'est jamais sentie à l'aise avec les fêtes de fin d'année. Chacun fait semblant d'être heureux de se retrouver, glisse dans son mouchoir les colères rentrées de l'année, pour qu'au moment de la bûche les rancœurs surgissent comme des éclats de chocolat au cœur d'une crème glacée. D'abord avec douceur, ensuite avec amertume. Chaque année, elle jure qu'on ne l'y reprendra plus. Mais, chaque année, elle achète de nouveaux strass qu'elle glisse dans ses cheveux mi-longs. À défaut d'avoir des paillettes dans les yeux.

La seule chose qu'elle apprécie à cette période, c'est retourner en Ardèche. Elle aime traverser la France en voiture, filer sur l'autoroute parmi les plaines, regarder ces paysages de Bourgogne qui lui sont étrangers, Auxerre, Beaune, Mâcon, Villefranche-sur-Saône, Lyon, pour enfin arriver dans la vallée du Rhône, Valence, et remonter les routes en lacet, se faufiler à travers les platanes et découvrir les premiers châtaigniers. Tournicoter à en avoir mal au cœur et enfin arriver dans le silence de l'hiver. Sentir l'odeur des arbres et des feux de cheminée. Se glisser sous les branches nues du tilleul et entrer dans la maison s'asseoir près du sapin scintillant. Les années ont passé, mais sa place n'a pas bougé. Elle voit défiler les cadeaux ouverts à ses pieds. Cette année encore, elle sera en tête à tête avec sa mère. Qui laisse sa mère seule le jour de Noël ?

Le repas n'était guère plus qu'une formalité, même si elle avait pris plaisir à partager ce moment avec celle qui l'avait mise au monde et qui éparpillait maintenant sur la table, tels des confettis, une multitude de photos de famille. Comme chaque fois, sa mère, passionnée de généalogie, enchaînait les prénoms et les destins, puis se taisait, un peu irritée, lorsque Salomé ne suivait plus. Celle-ci oubliait, ne retenait pas tous les liens de famille que sa mère s'évertuait à perpétuer, elle qui avait perdu ses parents alors qu'elle n'était encore qu'une adolescente, avec trois sœurs plus jeunes qu'elle. Tisser ces liens de famille était sa façon de survivre à cette absence de souvenirs communs. Remonter les années, se mettre dans les pas de ses ancêtres lui permettait sans doute de s'inscrire dans une histoire familiale qui avait bel et bien existé. Une histoire de familles protestantes qui avait résisté au fil des siècles dans des petits villages d'Ardèche qu'elle gardait pour elle. Elle était persuadée que ses filles ne s'y seraient pas intéressées. Elle n'en parlait jamais.

Chez sa mère, le repas de Noël avait toujours lieu en décalé. Ses sœurs étaient prises par leurs obligations familiales, elles n'arriveraient que quelques jours plus tard. En attendant, Salomé n'avait qu'une hâte, partir virtuellement à la recherche d'Andrew. Elle souhaitait retrouver sa trace au plus vite. Elle avait envoyé des mails à destination de plusieurs contingents de l'armée américaine en Afghanistan, au département de la Défense à Washington, mais aussi à l'adresse de médecins officiant dans plusieurs hôpitaux soignant des blessés américains à Chypre avant leur rapatriement aux États-Unis. Une dizaine de bouteilles à la mer restées sans réponse.

« Tu peux la prendre si tu veux. »

Silence.

« Salomé, tu m'écoutes ? Je te dis que tu peux la prendre si tu veux, je l'ai en double. »

Elle regarde les photos qui ont été étalées par sa mère sur la nappe blanche au milieu des bougies et des branches de houx. Et notamment celle qui a été positionnée au-dessus des autres.

« Tu fais bien des recherches sur André ? »

Salomé soulève délicatement la photo aux rebords de dentelle. Au milieu de plusieurs hommes, elle distingue André. Le cliché date du 11 novembre 1942. Ce jour-là, alors que les Allemands avaient interdit tout rassemblement dans le village, André et ses amis, voisins, camarades du parti communiste, avaient décidé, dans un acte de résistance, de se réunir sur la petite place, face au monument aux morts, pour rendre hommage aux soldats tombés pendant la guerre. Alors qu'ils risquaient à tout moment d'être dénoncés, ou même fusillés, ces hommes qui se tenaient debout ce jour-là avaient le dos droit et le regard fier.

De retour à Paris, passer devant la tour Eiffel lui procure toujours le même plaisir. Salomé partage cette douce sensation avec ses amis, qui, comme elle, sont partis de province pour venir un jour s'installer dans la capitale. Ils en parlent souvent, ils ne se lasseront jamais de ce cliché, voir la Dame de fer scintiller. Salomé pense à

Andrew, c'est face au monument et ses paillettes qu'ils ont échangé leur premier baiser. Dans le taxi qui la raccompagne chez elle, elle est tiraillée entre le bonheur d'avoir retrouvé ses racines et la tristesse de les quitter, ne sachant jamais quand elle va pouvoir y retourner.

Salomé se réjouit des jours qu'elle a passés en famille, avec sa mère, ses sœurs, leurs maris et leurs enfants. Elle appréhendait ces moments qui se sont finalement déroulés sans turbulences. Elle a retrouvé le goût de l'enfance et des Noëls chaleureux devant la cheminée. Mais est-elle heureuse ? Serait-elle plus épanouie avec un ou des enfants ? Au fond, elle sait que non. Elle aime profondément la vie qu'elle s'est choisie.

En 1942, André non plus n'avait pas d'enfant.

26

Aimer Blanche et fonder une famille, c'est ce à quoi je pense quelquefois la nuit, lorsque je regarde les rayons de lune au-dessus de la vallée. Cela me rappelle les soirs sur le front où je cherchais, de mes yeux, à confondre l'horizon. Mais je n'ose me l'avouer. L'épouser était mon rêve avant de partir pour la guerre, mais je sais bien que Blanche est promise à Edmond. Au départ, je pensais que ce n'était pas très sérieux, mais au fil des mois j'ai bien compris que ces deux-là s'aimaient fort. Et ils ont attendu si longtemps leurs retrouvailles. L'idée même qu'il puisse en être autrement me fait peur. Je m'interdis de l'imaginer, cela pourrait leur porter malheur.

Les premières semaines après notre retour, je laisse Edmond reprendre pied et retrouver sa fiancée. Je ne souhaite pas en savoir plus. Mon ami est en vie, je m'étais fait un devoir de le ramener vivant avec moi. J'ai veillé sur lui à chaque instant comme un frère. Ma mission est accomplie. Alors je reprends mes activités, comme si je n'étais jamais parti, bien que la guerre ne soit pas finie. Je vais dès le matin garder les quelques chèvres que nous avons encore, aide ma sœur à faire des fromages et à les ranger dans le garde-manger près de l'entrée, tresse l'osier pour confectionner des paniers ou taille la vigne devant la maison. J'ai remarqué les regards baissés dès que je croise quelqu'un dans les ruelles du village. Les femmes m'adressent un sourire gêné, les hommes hochent vaguement la tête, des hommes avec qui j'ai pourtant partagé les bancs de l'école communale. Eux aussi ont combattu, pour la plupart. Ils sont rentrés vivants de la guerre sans avoir été faits prisonniers. Et puis il y a les exemptés. Aucun d'entre eux n'ose me demander comment je vais. De toute façon, je ne répondrais pas. Je n'oserais jamais avouer que, depuis mon retour, les ombres des camps et les hurlements de mes camarades hantent mon sommeil. Et qu'en pleine nuit je ne peux rester dans mon lit : je fais glisser le matelas au sol et me réveille en sursaut toutes les heures, le front et le dos dégoulinant de sueur, persuadé d'être encore « là-bas ».

Alors, quand j'ai besoin d'un nouvel horizon, je pars chercher des bolets sous les pins et les châtaigniers. Là-bas, je libère au vent les mots que je ne peux prononcer en public. Je m'enfonce dans la pinède et c'est lorsque j'arrive à la petite clairière que je bifurque à droite pour monter sur le grand rocher. C'est là que je venais m'asseoir quand j'étais enfant et que ma mère me grondait. Je partais en courant de la maison. Personne ne me poursuivait. Tous pensaient que je me cachais dans les clapiers des lapins. Ma petite taille me permettait de me glisser partout. En réalité, je m'en allais par le grand pré et escaladais le promontoire rocheux, d'où j'avais une vue sur la vallée. De là-haut, je pouvais crier à m'en décrocher les poumons ou cacher les larmes que je ne pouvais pas verser devant mon père. Depuis mon retour du camp, alors que je n'étais pas retourné depuis des années dans ce lieu secret, il m'arrive d'y rester allongé jusqu'à l'apparition de la lune.

Et c'est ainsi qu'en plein mois de juin 1943, alors que je m'étais assoupi après une orgie de cerises, je fus sorti de ma sieste par un éclat de rire. Un rire que j'aurais pu reconnaître entre mille. Qui d'autre qu'elle pouvait se trouver sous ce pommier ? En robe blanche, elle virevoltait en riant comme une enfant. Elle avait retrouvé son entrain de jeune fille. Elle qui, d'après ce que sa mère m'avait dit il y a encore quelques jours, s'était murée dans un quasi-silence depuis le départ d'Edmond, riait désormais comme une adolescente. Elle avait défait son chignon et sa chevelure dorée dansait sur ses épaules frêles. Elle courait dans le pré, mais elle n'était pas seule. Celui qui s'amusait à la poursuivre et qui, après l'avoir rattrapée, l'enlaçait maintenant, c'était le fiancé de Blanche. Edmond. Mon ami. J'étais heureux de voir mon alter ego, revenu d'entre les morts, si souriant. Dans la vie après avoir côtoyé la mort. Mais je ne pouvais m'empêcher d'être jaloux de ce bonheur dont j'étais témoin malgré moi. Pourquoi avait-il fallu qu'ils s'embrassent sous ce pommier qui avait été le décor de notre enfance à tous les trois ? Je m'en voulais d'être spectateur de ces baisers arrachés dans le cou, sur la bouche rose de Blanche. Pourtant je n'arrivais pas à fermer les yeux. Ni à m'en aller. Je restais figé. Sidéré. Comme transpercé par une foudre imaginaire qui me brûlait le cœur de l'intérieur.

Ce soir-là, je ne pus fermer l'œil de toute la nuit. Je suis resté allongé sur le sol, fixant le plafond sur lequel se superposaient les images de Blanche à tous les âges et les moments que nous avions partagés. Jusqu'à ce jour où nos lèvres s'étaient effleurées. C'était peu de temps avant la guerre. Sous ce même pommier. Un jour où j'avais souhaité lui révéler mon paradis perdu. Cette cachette où j'aimais me réfugier et où elle me demandait sans cesse de l'emmener. Ce jour-là, je ne savais pas que Blanche avait déjà offert son cœur à Edmond. Je l'ai compris les jours suivants, quand j'ai vu qu'elle ne sortait pas de chez elle, de peur de croiser mon regard. Elle se sentait coupable de m'avoir fait entrevoir un espoir, un avenir possible. Car elle m'aimait vraiment, semble-t-il. C'est du moins ce que je pressentais. Mais ses parents avaient déjà répondu pour elle à la demande en mariage d'Edmond. Elle ne pouvait plus faire marche arrière. Et la guerre avait mis fin à mes interrogations.

La volonté de démolir l'humain dans l'homme avant même de le tuer, j'en ai fait l'expérience. Je ne suis plus le même homme depuis mon retour de la guerre. Si mon corps est en vie malgré les blessures physiques, je me rends bien compte que quelque chose est mort dans l'antre de mon âme. La machine nazie a broyé mes rêves. Ils étaient pourtant simples. Je ne suis pas sûr d'être capable d'aimer à nouveau et de rendre une femme heureuse. En ai-je l'envie ? Je n'en suis même pas certain. Alors que la guerre gangrène l'Europe, je souhaite me sentir utile, moi qui, d'une certaine façon, ai été démobi-

lisé, je veux désormais rattraper le train des combats. Participer à la construction de la paix. M'asseoir tout en haut du grand rocher est une bulle hors du temps. Je pourrais m'y reposer et oublier ce qui se passe en dehors du village. Mais le destin d'autres hommes m'attend. Je le sais.

C'est un parfum transporté par le vent, qui me fait sortir de ma rêverie. Il me ramène plusieurs mois en arrière, le jour où j'ai dit au revoir à Blanche, avant de partir à la guerre. Je sens à nouveau son eau de toilette à la rose, qui parfumait le col de son corsage et la peau de son cou. Cet élixir qu'elle s'appliquait à déposer derrière ses oreilles quand elle avait revêtu son habit du dimanche. C'était le parfum des beaux jours, celui des sorties, celui de l'insouciance aussi. C'est le parfum de nos retrouvailles.

Blanche se tient devant moi dans l'encadrement du soleil. Elle s'assoit à côté de moi sur le rocher. Elle déploie sa robe sur ses chevilles et s'installe contre mon épaule. Elle prend ma main. Un immense frisson parcourt mon dos.

« Je vais me marier, André.

– Je sais, Blanche. C'est la vie. Tu sais bien que je n'aime pas parler de ces choses-là.

– Oui, mais je veux que tu saches que je t'ai aimé, André. Plus que tu ne l'imagines. J'ai pensé

à toi à chaque seconde de ton absence. Mais, même si Edmond ne parle presque plus depuis qu'il est rentré, il me regarde toujours comme aucun homme ne m'a jamais regardée.

– J'ai vu l'admiration et la bonté dans son regard quand vous vous enlaciez sous le pommier. Edmond t'aimera comme je ne pourrai jamais t'aimer.

– La cérémonie a lieu dimanche à 10 heures au temple. Ce sera le début du printemps et celui de notre nouvelle vie. Edmond souhaiterait que tu sois son témoin. Il m'envoie t'en faire la demande.

– C'est oui, bien sûr. Edmond était mon ami. Aujourd'hui c'est mon frère. »

27

« Pardon de vous poser cette question, mais qui êtes-vous par rapport à lui ? »

Cette question, Salomé la redoutait. Et, en même temps, elle l'espérait, car elle savait que, le jour où on lui demanderait de se justifier, c'est que son interlocuteur connaîtrait Andrew. Cela voudrait dire qu'elle l'aurait retrouvé.

Elle marque une seconde de silence, le combiné contre son oreille.

« Sa fiancée. »

Elle s'en veut un peu de ce mensonge, mais elle n'a pas le temps d'expliquer les détails de son lien avec Andrew. Elle cherche à le retrouver et déjoue tous les obstacles qui pourraient l'en empêcher.

« Une seconde, s'il vous plaît. »

Jamais une musique d'attente ne lui avait paru aussi longue.

« Je viens de vérifier auprès du directeur de l'hôpital. Le lieutenant-colonel Andrew Bradley est bien soigné ici, à l'hôpital de Kaia.

– Kaia ?

– Oui, pour Kaboul International Airport. Mais il est en cours de transfert vers la France. Son état nécessitait des soins immédiats et il a bénéficié d'une exfiltration rapide au sein d'un convoi de blessés français. C'est une chance. Cela arrive de temps en temps. Je vous invite à vous rapprocher de l'hôpital Percy, en région parisienne, où il sera pris en charge.

– Merci ! Mais comment va-t-il ? Est-ce qu'il est conscient ?

– Je ne suis pas habilitée à vous donner plus de détails. Rappelez ce soir, je pourrai vous passer le directeur. »

Salomé repose son téléphone, interdite. De sa fenêtre, elle fixe les passants, familles insouciantes marchant dans un monde en paix, des sacs de courses à la main, prenant le tram pour rentrer chez elles ou pour aller visiter une exposition. La guerre est à trois, quatre, cinq heures d'avion, mais notre société a tendance à l'oublier. Elle fait pourtant irruption dans notre pays aussi, dans notre quotidien, à chaque attentat.

La guerre faisait rage aussi en Europe il y a à peine soixante-quinze ans, deux générations. Que gardons-nous dans notre chair, dans nos cellules, dans notre inconscient, de cette mémoire ? Comment recoller les morceaux entre des familles qui se sont déchirées ? Comment faire vivre la mémoire des absents ? Comment délier les secrets de famille ? Comment vivre avec le poids du passé, quel qu'il soit ?

Ne pas savoir si Andrew est conscient ou non la met dans un état d'angoisse jamais éprouvé auparavant. Elle se précipite à nouveau dans les bureaux du service étranger de la rédaction, auprès des reporters qui lui ont trouvé le numéro de l'hôpital de Kaboul quelques heures plus tôt. Elle veut les questionner, leur demander dans quel état sont les soldats dont le convoi a été visé par les talibans. Elle se rend compte à quel point les reporters de retour de mission sont rarement interrogés sur ce qu'ils ont vu, ce qu'ils ont ressenti pendant leur mission. Eux aussi ont peur, eux aussi sont confrontés à la mort, même s'ils savent que leur mission est ponctuelle. Mais eux non plus ne sont jamais sûrs de rentrer. Et pourtant, ils y retournent, comme à une drogue dont ils ne peuvent se passer. Par nécessité de témoigner, de « porter la plume dans la plaie », comme l'écrivait Albert Londres. Pour être les témoins du monde.

Il faudra plusieurs heures à Salomé pour qu'elle en sache plus sur l'état d'Andrew. Sa nuit fut blanche. Elle ne voyait qu'une image, le corps d'Andrew recouvert jusqu'au menton d'un drap blanc maculé de sang. Et entendant bourdonner des sons. Celui d'une explosion. Et il y avait eu les mots du directeur de l'hôpital de Kaboul qui étaient parvenus à son oreille comme des détonations : « IED, engin explosif improvisé », « déclenché à distance, comme dans la plupart des cas », « explosion avec souffle par le bas », « plusieurs soldats morts », « le lieutenant-colonel Andrew Bradley était déclaré mort ».

Cette dernière phrase obsède Salomé. Elle n'arrive pas à se résoudre au fait qu'Andrew soit bien vivant. Victime d'une grenade qui a frappé son véhicule, mais vivant. Seul survivant, alors que ses compagnons d'armes sont morts. Os brisés au visage et au crâne, poumon affaissé, et un corps en partie détruit. Jusqu'à quel point ? Salomé n'a pas osé poser plus de questions.

À l'heure qu'il est, Andrew est pris en charge par l'armée française. Évacué sur place, il a été soigné dans un premier temps à l'hôpital de Kaboul. « *Damage control* », c'est la procédure. Pour éviter l'infection et surtout stopper l'hémorragie. Les mots du médecin étaient cliniques. Terre, poussière. Il a fallu trente heures pour le stabiliser. Au-delà, son pronostic vital aurait été engagé. Il est désormais dans les airs, entre l'Afghanistan et la France. Salomé ne sait pas quand elle pourra le voir. Une opération est prévue à son arrivée.

Andrew fait route vers elle, avec un corps mutilé par plusieurs éclats de grenade.

28

J'avance au milieu des châtaigniers en essayant de me faire le plus léger possible, malgré mon lourd sac à dos, pour ne pas faire craquer les feuilles qui recouvrent le sol. Quand elles n'enfoncent pas leurs piquants dans mes chaussures de toile, les bogues expulsent sous mes pieds des châtaignes charnues aux reflets caramel. Je prends le temps de perdre quelques secondes pour en ramasser quelques-unes et les glisser dans mes poches. Je demanderai à ma sœur d'en cuire à l'eau ce soir ou je les ferai craquer dans le feu de cheminée et me délecterai d'une rôtie savoureuse. Je n'ai pas besoin de les voir pour les sentir rouler sous mes doigts : tel un animal, mes yeux se sont habitués à la semi-obscurité.

En cet automne 1943, la guerre n'est toujours pas terminée et les troupes allemandes sont encore présentes dans de nombreux villages ardéchois. C'est la raison pour laquelle je préfère effectuer ce trajet à l'aube un matin sur deux, en prenant soin de modifier mon itinéraire. Déjouer l'adversaire est devenu pour moi une énigme quotidienne que je sais résoudre de jour en jour avec de plus en plus de facilité. Je quitte les dernières maisons du village quand le jour n'est pas encore levé pour pouvoir traverser le grand pré à découvert sans me faire repérer. Mon béret gris délavé vissé sur la tête. Puis je m'enfonce dans la forêt de chênes qui me conduit aux premiers châtaigniers. Ensuite c'est mon domaine, mon univers, mon bois. Ma maison, je pourrais dire, si on me posait la question. Mais personne ne me demande rien au village. Même quand certains ont la curiosité de m'observer partir courbé avec un sac presque plus grand que moi sur le dos.

Ma seule angoisse : être suivi. Il se murmure de drôles d'histoires derrière les portes ou à la caisse de l'épicerie, mais personne n'ose me poser de questions. Tous savent que je suis un être rêveur et un homme au grand cœur. Depuis mon retour du camp, je ne peux rester les bras croisés. J'ai déjà tenu tête à l'ennemi en assistant à la cérémonie du 11-Novembre devant le monument aux morts. Au risque d'être fusillé. Et depuis quelque temps, on se doute bien que je participe à des actions de résistance.

Il n'y a qu'à Edmond que je me confie. C'est le jour de son mariage avec Blanche que j'ai décidé de passer à l'action. Ne pas toujours attendre des autres une solution, une porte de sortie à leur lente agonie. Avoir été fait prisonnier et être resté enfermé au camp pendant que d'autres se battaient, je l'ai vécu comme un échec. Si j'ai réussi à rentrer vivant de cet enfer, c'est avant tout pour mettre cette liberté à profit. À la sortie du temple, pendant que Blanche, soulevant sa voilette en dentelle, embrassait les invités venus la féliciter, et alors que cette vision me transperçait le cœur, j'avais préféré ignorer ce bonheur affiché pour me rapprocher d'un groupe de camarades restés un peu à l'écart. Les conversations se tenaient à voix basse, des expressions banales me parvenaient aux oreilles, mais il ne m'avait fallu que quelques secondes pour comprendre la teneur de ces échanges qui résonnaient comme un langage codé. Un hochement de tête m'avait tacitement inclus à ce groupe de résistants, des copains de l'école primaire, des voisins, des connaissances lointaines. Tous unis dans un même but, libérer l'Ardèche, libérer la France. Aller jusqu'au bout de la mis-

sion que j'avais commencée et que je n'avais pas réussi à achever.

Je passe le plus de temps possible avec mes camarades, tous issus du parti communiste. Les victoires soviétiques ont donné espoir aux Alliés. La Résistance se renforce partout. Je continue tout de même mon travail de maçon le jour et mène le soir des missions d'infirmier. Il faut bien gagner sa croûte. Et puis, me rendre aux quatre coins du hameau à vélo ou sur ma vieille mobylette pour administrer des piqûres me permet d'écouter ce qui se dit. Pendant que je stérilise les seringues, je bois un canon, je discute. Je prends des nouvelles des uns et des autres. Je connais tout le monde et tout le monde me connaît. Je peux discrètement faire passer des messages et de faux papiers. Je contribue ainsi à mettre à l'abri les jeunes du village réfractaires au Service du travail obligatoire mis en place par le gouvernement de Vichy. Je les fournis en fausses cartes d'identité que je transporte enroulées dans les linges de mon matériel médical. Avec une seule obsession, ne pas éveiller les soupçons. Car je crains moins de me faire arrêter que d'être dénoncé par l'un des miens.

C'est ce à quoi je pense à chaque fois que je fais basculer mon lourd sac sur mon dos d'un coup sec en me penchant jusqu'à presque tou-

cher terre et que j'emprunte sans bruit le sentier à l'aube un matin sur deux. Un pied devant l'autre en effleurant le sous-bois. J'aimerais voler par-dessus les châtaigniers et arriver directement à la porte de cette vieille ruine isolée. Inlassablement, je parcours plus de dix kilomètres à pied, seul ou avec un camarade. Nous nous relayons parfois. Dans mon sac, essentiellement des pommes de terre et quelques châtaignes. Et c'est à chaque fois le même rituel. Arrivé à une dizaine de mètres de la vieille bâtisse de pierres, je me poste à l'angle du pré et regarde alentour. J'attends une dizaine de minutes pour être sûr que je n'ai pas été suivi. Puis j'envoie un caillou contre le volet en bois, en prenant garde à ne pas taper trop fort pour ne pas réveiller le petit garçon de quatre ans. Un seul cri de sa part, des pleurs, un chuintement même, signerait notre arrêt de mort à tous. Mais surtout le leur. Cette ruine est censée être à l'abandon. Vide de toute présence humaine.

Or, c'est en son antre que je cache depuis des semaines la famille Schlenker. Des Juifs autrichiens qui vivaient en Italie et se sont installés en France en 1938. D'abord à Marseille, zone libre en 1940, puis zone occupée à partir de novembre 1942, quand les troupes allemandes investirent le sud de la France. Les Schlenker avaient alors pris la décision de rejoindre un département plus sûr, en zone rurale. Le père resterait à Marseille, et la mère et leurs deux enfants – de quatorze et quatre ans – se rendraient en Ardèche, accompagnés de la sœur de celle-ci. Il se murmurait que là-bas les réseaux protestants étaient très actifs et avaient déjà caché de nombreux Juifs, en particulier des enfants. Les Schlenker étaient donc partis pour les confins du Vivarais, d'abord cachés dans une ferme familiale. Mais la propriétaire avait été dénoncée au bout de quelques semaines. Je m'étais chargé, avec deux camarades, de leur exfiltration avant que les gendarmes du régime de Vichy arrivent. On s'était dépêchés de les mettre à l'abri, transportés sur une charrette, jusqu'à cette bâtisse qui tombait en ruine, mais qui au moins n'éveillerait pas les soupçons. Difficile à localiser, en pleine forêt, elle serait la cache parfaite.

Pour ne pas se faire remarquer, nous avions attendu quelques jours pour apporter des matelas, une table, un banc et un petit poêle pour se chauffer. Ce jour-là, Edmond était du voyage. Il fit flamber les premières bûches, qui réchauffèrent les deux femmes, épuisées d'être sans cesse en éveil de peur d'être repérées. Elles purent enfin dormir quelques heures d'affilée, rassurées d'être épaulées par ces hommes au grand cœur, et ravitaillées en nourriture, nuit après nuit, la plupart du temps gratuitement, alors que nous aurions pu vendre ces patates à un prix onéreux au marché noir. Margot, la mère de famille, en a conscience et, lorsqu'elle ferme la porte derrière moi, elle me dit chaque jour qu'elle n'oubliera jamais ce que je fais pour ses enfants.

29

« Merci infiniment, mon général. »

Salomé raccroche en remerciant chaleureusement le directeur qui vient de lui confirmer la présence d'Andrew dans les murs de l'hôpital Percy, près de Paris. Andrew est donc sur le territoire français. Salomé se répète à haute voix : « Andrew est en France », comme pour l'ancrer dans la réalité. Elle n'arrive pas à y croire.

« Le lieutenant-colonel Andrew Bradley était déclaré mort. »

C'est cette phrase qui a pris le dessus et qu'elle n'arrive pas à effacer. Elle la voit presque s'inscrire sous son front en lettres capitales. Elle ne sait dans quel état physique et neurologique se trouve Andrew, mais il est vivant. Et ils ne sont plus qu'à quelques kilomètres l'un de l'autre, bientôt réunis. Quand pourra-t-elle aller le voir ? Le directeur a terminé son monologue par le mot « patience », un terme qui ne fait pas vraiment partie du vocabulaire de Salomé.

Alors, pour « tuer le temps » – quelle vilaine expression, elle souhaite bannir de son vocabulaire désormais tout le champ lexical relatif à la mort –, Salomé nage, manière aussi d'exorciser ses angoisses et de délasser son corps. Les bras au-dessus de sa tête sur le plongeon, elle inspire et saute. Plus que le son de son entrée dans l'eau, c'est le petit claquement métallique de la plateforme la propulsant dans le bassin qu'elle aime. Un tintement addictif, qui résonne à chaque fois comme une détonation semi-silencieuse.

Elle prend soin d'étirer ses jambes le plus loin possible à chaque longueur. Elle imagine son corps grandir, prendre tout l'espace et devenir un filet de pêche obstruant le moindre espace turquoise de la piscine laissé vacant. Cette eau est un cocon dans lequel elle s'enroule, se replie, puis se déplie à nouveau en larges mouvements.

Après sa séance, Salomé regarde l'eau ruisseler sur ses jambes et disparaître dans le siphon parmi les bulles de mousse du savon. Depuis combien de temps n'a-t-elle pas regardé son corps ? Depuis combien de temps un homme n'a-t-il pas posé le regard sur la courbe de ses hanches, de ses seins ? Depuis Andrew.

Tout la ramène à cet homme de chair, vivant, solaire, souriant, ce dernier amour, qui est désormais un numéro dans un convoi sanitaire rapatrié d'Afghanistan. Un corps dans une civière sanitaire. Elle n'a pour le moment pas le droit de l'approcher, comme si ce corps qu'elle a aimé, embrassé, qui l'a enlacée, était désormais un objet secret-défense auquel elle n'avait plus accès.

Alors que Salomé se sèche les cheveux, ses épis châtain clair flottant devant ses yeux, le maître-nageur se dirige vers elle de façon nonchalante, des baskets bleu turquoise aux pieds, un pantalon noir retroussé sur les mollets. Elle aime sa démarche qui semble survoler le sol, tout soudain lui paraît si léger. Cet homme lui donne l'impression que rien n'est jamais grave, qu'il est toujours possible de mettre la vie sur pause. Et la mort par la même occasion. Salomé voit en lui le miroir de sa passion pour Andrew. Elle sait qu'il ne se passera rien de charnel entre eux.

« Est-ce que je peux vous raccompagner ? Mon scooter est garé juste devant.

– Si vous ne roulez pas comme un fou, j'accepte volontiers. »

Elle ne sait pas où poser ses mains, mais il démarre si vite qu'elle se surprend à enserrer sa taille. Paris défile devant elle comme si elle avançait sur un long tapis roulant d'aéroport. Elle glisse sur l'asphalte. Les sons de la ville sont de plus en plus feutrés. Les mouvements des voitures lui semblent ralentis. Les lumières zigzaguent et l'étourdissent. Elle a grandi dans un village et elle aime aujourd'hui se perdre dans les capitales. Elle aime les arbres de son enfance, mais ne peut se passer d'arpenter les pavés des grandes villes. Elle aime le silence des nuits à la belle étoile, mais recherche sans cesse le brouhaha de la foule. Elle aime la solitude, mais encore plus quand elle sait qu'elle peut à tout moment courir dans les bras de l'être aimé.

Ses jambes qui épousent les siennes, son bassin collé au sien, soudain prise de désir pour cet homme, elle imagine son buste nu contre ses seins.

Le scooter file à vive allure à travers les voitures, se faufile, louvoie, accélère. Sans faire de geste brusque, elle prend ses écouteurs dans sa poche et lance la chanson qu'elle écoute en boucle depuis qu'elle ne dort plus. La voix de

Bashung, puissante, enveloppe son cœur comme un cataplasme. Et calme les soubresauts.

« As-tu vu ces lumières, ces pourvoyeuses d'été
Ces leveuses de barrières, toutes ces larmes épuisées
Les baisers reçus, savais-tu qu'ils duraient ?
Qu'en se mordant la bouche, le goût en revenait
Mortels, mortels, nous sommes immortels
Je ne t'ai jamais dit
Mais nous sommes immortels… »

30

« Ils pensent toujours qu'ils sont immortels. »

L'infirmière en chef a tourné son visage vers elle et Salomé n'a pu détacher ses yeux du grain de beauté qui ourlait sa lèvre et lui donnait du caractère. Est-ce que cette femme aurait un visage quelconque sans ce point dont on dirait qu'il a été apposé au pinceau sur une toile ? Cette pensée extrait Salomé de la réalité qui lui fait face : Andrew, ou plutôt son corps – il est encore inconscient, la trachée intubée –, repose derrière une vitre, tandis que le bruit strident des alarmes des respirateurs artificiels sature l'atmosphère.

« C'est ce qui les sauve de la peur. Ils font abstraction de la mort. C'est comme si elle n'existait pas. Et pourtant. Votre compagnon a eu beaucoup de chance. À Kaboul, il avait été déclaré mort. Os brisés au visage et au crâne, poumon affaissé, fracture ouverte de l'avant-bras gauche. Jambe droite en partie arrachée. Mais l'opération la plus délicate, qui consistait à endiguer définitivement l'hémorragie, s'est bien passée. Il faut compter quelques heures encore pour qu'il se réveille complètement et que vous puissiez le voir. Il a eu trois opérations en quarante-huit heures, ce n'est pas rien.

– Je ne savais pas tout ça. Le médecin que j'avais eu au téléphone… »

L'infirmière la coupe.

« J'oubliais, il avait aussi les deux arcades sourcilières ouvertes, mais à côté du reste c'est un détail. Je dois y aller, est-ce que vous avez des questions ?

– Est-ce que vous savez ce qui s'est passé ?

– Vous demanderez au médecin qui le suit. C'est un miraculé. Ses trois plus proches camarades du convoi dans lequel il se trouvait sont morts sur le coup. Nous rapatrions très rarement des membres des forces spéciales américaines. Mais il était le seul survivant parmi les autres blessés français. Nous travaillons main dans la main avec l'armée américaine. »

Les forces spéciales. Salomé s'est arrêtée sur ces derniers mots. Qu'a voulu dire exactement l'infirmière ? Andrew était-il réellement membre des forces spéciales ? Faisait-il partie des commandos de marines ? Elle a besoin de prendre l'air et reste un long moment assise sur un banc devant l'hôpital. Non loin d'elle, un jeune homme en fauteuil fume une cigarette, une petite fille, qui semble être la sienne, sur les genoux. Est-ce qu'Andrew pourra un jour plaisanter et sourire comme ce soldat ?

Salomé prend place dans sa voiture, mais ne démarre pas. Elle est soudain prise d'admiration pour ces familles qui, autour d'elles, viennent rendre visite à leurs proches, certaines depuis des jours, des semaines ou des mois, avec toujours le même espoir. Elle a vu, dans le hall d'entrée, lorsqu'elle est arrivée, des silhouettes aux yeux rougis lorsque leurs regards se sont croisés. Aura-t-elle la même force ? Dans le cocon de l'habitacle de sa voiture, les mains sur le volant et le regard perdu, absorbé par les taches laissées par des gouttes de pluie sur le pare-brise, elle reprend en accéléré le fil des moments passés avec Andrew pour y déceler un indice. La preuve d'un doute.

Elle revoit son corps musclé, sculpté comme peut l'être celui de tout soldat, elle l'entend parler arabe et il lui avait dit qu'il comprenait le pashto, il avait servi plusieurs fois en Afghanistan. Puis elle repense aux entraînements dans les forêts du Michigan en dehors de son travail au ministère, ces sessions qui prennent beaucoup de place, les week-ends, les vacances. Même avant d'aller au bureau. Cet emploi ne serait-il qu'une couverture ? Un emploi civil qu'il occupait quand il n'était pas en mission ?

Salomé revoit les deux ordinateurs portables qui ne le quittaient pas. Et puis ce jour où, tôt le matin, elle avait ouvert les yeux alors qu'il travaillait déjà. Pas encore douché, il était dans le lit, l'écran ouvert devant lui. Sous ses paupières, Salomé avait aperçu un écran mangé par une carte grise sur laquelle évoluaient des points blancs. Elle se souvient d'avoir pensé à l'écran d'une caméra infrarouge. L'idée l'avait effleurée, mais s'était aussitôt échappée de son cerveau pour y revenir au moment où Andrew, comprenant qu'elle se réveillait, avait subitement rabattu son écran. Elle avait alors compris qu'elle avait vu quelque chose qu'elle n'était pas censée voir.

Lui reviennent ensuite les paroles de son ami Paul, qui, entre deux éclats de rire, s'était étonné des connaissances d'Andrew en matière de géopolitique iranienne et nord-coréenne. Salomé est prise de vertige. Elle ouvre la fenêtre de sa voiture, penche la tête vers l'arrière et ferme les yeux.

« Ça va, mademoiselle ? »

Salomé se redresse et ouvre les yeux sur une femme d'une cinquantaine d'années qui s'est collée contre la vitre entrouverte. Salomé avale sa salive et fait un signe de la tête.

« Vous êtes sûre ? »

Alors que la femme hésite à rejoindre sa voiture, garée juste à côté, Salomé entrouvre sa portière et tente de sortir. La femme l'aide à s'adosser au véhicule. Son époux les observe, le regard hagard.

« Merci, madame, tout va bien. J'ai simplement été prise de vertige.

– Vous vous sentez mieux ? »

Et comme si elle pressentait que ce vertige n'avait pas grand-chose à voir avec son état physique, la femme ajoute :

« Vous avez un proche hospitalisé ?

– Oui, mon compagnon.

– Ne vous inquiétez pas, ça va aller. Ayez confiance en les médecins, c'est la seule chose que vous pouvez faire. »

Salomé écourte la conversation de la main pour vomir au pied d'un arbre pelé planté à un mètre d'elle. Le couple est rentré dans sa voiture et lui fait un signe de la main en démarrant. Salomé a le temps d'apercevoir le regard rougi de l'homme et les paupières fatiguées de la femme. Elle retourne dans sa voiture en imaginant la détresse de ce couple venu sans doute visiter un proche mourant. Leur fils ? Leur fille ? Elle s'écroule en pleurs, les deux mains agrippées au volant. Andrew est vivant. Andrew est vivant, bordel de merde. Il va vivre et elle fera tout pour qu'il retrouve le goût de la vie.

31

Nous faisons le trajet en sens inverse. Il y a quelques mois, Edmond et moi avancions sur ce chemin de terre et de cailloux en direction du village à notre retour du camp. Nous revenions de l'enfer et comptions les secondes qui nous rapprochaient de notre vie d'avant. Aujourd'hui, nous rêvons de construire le monde d'après. Nous foulons à nouveau ce chemin pour rejoindre la guerre qui se joue à quelques pas de ces maisons. Nous résistons à l'ennemi depuis des mois. Il est temps de lui asséner le coup de grâce. En ce 6 juin 1944, nous sommes en route avec l'impression palpable de jouer notre destin. Blanche nous accompagne jusqu'à la sortie du hameau, nous envoyant un dernier baiser trempé de larmes. J'ai essuyé mes yeux du revers de ma manche. Edmond m'a regardé sans rien dire.

L'avancée se fait en silence, comme toujours. Les premières lueurs du jour embaument le lilas. La nature résiste à toutes les épreuves humaines, mais jusqu'à quand ? Les herbes sauvages ont envahi les chemins. La sève déborde des pins. Il nous a fallu presque une heure pour arriver en haut du site du Moulin-à-Vent, où convergent, comme nous, des centaines de jeunes résistants, le regard fermé, mais le cœur plein de promesses. Je descends du véhicule qui nous a conduits jusque-là. J'observe ce promontoire que j'ai dépassé tant de fois pour me rendre à Privas avec ma mobylette.

Le lieu a une histoire. À quelques kilomètres de là se tient le Bouschet-de-Pranles, un village symbolique dont m'a toujours parlé ma mère, où est née Marie Durand, jeune protestante devenue la figure emblématique de la résistance pour avoir été enfermée au nom de sa foi pendant trente-huit ans dans la tour de Constance à Aigues-Mortes entre 1730 et 1768. Elle a été arrêtée par les soldats du roi pour avoir participé à des assemblées religieuses clandestines et faire pression sur son frère, qui était pasteur et prédicateur du Désert. Je pense à elle, icône d'une autre résistance et héroïne de ma mère, lorsque je passe devant l'embranchement qui conduit au village.

Je rejoins les volontaires qui arrivent par dizaines au col, situé à 592 mètres d'altitude. Ce 6 juin, nous formons le secteur C de l'armée secrète qui combattra jusqu'à la liberté. Nous allons rester là jusqu'aux derniers jours du mois de juin, où une opération allemande tente d'intimider les maquis en remontant de la vallée de l'Eyrieux jusqu'au Moulin-à-Vent. Des bombardements aériens, appuyés par des troupes au sol. Nous sommes tout près de céder. Mais nous résistons.

Nous combattons jusqu'à l'épuisement.

Au mois d'août, le 6, deux mois après le combat contre les forces allemandes dans le secteur, nous rejoignons la vallée du Rhône pour nous poster au Pouzin. Nous nous attendons à une grosse opération. Mais nous sommes prêts. Je me souviens même qu'Edmond, qui ne parle plus beaucoup depuis notre retour, s'est mis à chanter pour se donner du courage.

Je m'inquiète pour lui, je le sens à bout de forces. Je vois ses jambes faiblir à vue d'œil. Je le sens pris de vertiges. Nous n'avons plus la force de nos vingt ans. Nous venons d'avoir trente ans.

En milieu de matinée, une trentaine de bombardiers B17 défilent dans le ciel d'été et larguent leurs bombes sur le pont ferroviaire et un dépôt de carburant. C'est un dimanche et de nombreuses familles sont au temple et à l'église. Le curé fait sortir ses paroissiens. Le bruit sourd des moteurs nous fait lever la tête. Nous avons à peine le temps d'apercevoir les cuirasses des oiseaux de fer briller au soleil que leurs bombes pulvérisent le sol.

En moins d'une heure, le temple et l'église s'écroulent, des centaines de maisons sont anéanties. Plus de deux cent cinquante au total. Les cris des blessés se mêlent aux sifflements des avions et au largage assourdissant des bombes, qui détruisent également le pont du Rhône. Leur but est de couper toutes les voies de communication de la ville. Comment lutter face à de telles forces aériennes ? Nous nous sentons bien impuissants avec nos fusils.

Des centaines d'habitants sont blessés, certains coincés sous les décombres. Ceux qui sont en vie hurlent leur douleur d'avoir perdu un proche, les autres, ayant tout perdu, fuient en direction des hauteurs de la ville.

Quand le silence se fait et que se dissipe la poussière des destructions, un sifflement déchire mon tympan. Je cherche Edmond parmi les silhouettes titubant parmi les décombres. Des mains se touchent, des bras se serrent, on tape dans le dos des êtres vivants que l'on croise. J'aperçois enfin son visage tourné vers moi, alors que son corps est allongé sur un brancard. Ses yeux sont ouverts, mais ses cils sont immobiles. Une infirmière volontaire est à son chevet. Je m'approche et mets un genou à terre pour être à la hauteur de mon ami. Je pose ma paume sur son crâne et la retire aussitôt, elle est pleine de sang. Edmond a reçu une lourde pierre sur la tête, sans doute lors de l'effondrement d'un immeuble. Son regard est fixe. Je pose ma main sur ses yeux et baisse le rideau de ses paupières. Son âme est partie. Je dépose ma tête sur son buste et pleure en silence.

Longtemps.

32

Salomé frappe d'un petit coup sec sur la porte avant d'entrer, par habitude et par politesse, mais elle sait pertinemment que personne ne lui répondra. Elle passe une tête et lui sourit ; elle vient voir Andrew tous les jours à l'heure du déjeuner. Elle gare sa voiture le plus près possible de l'entrée de l'hôpital pour grappiller quelques secondes supplémentaires auprès de lui.

Et comme à chacune de ses visites, elle le trouve allongé dans son lit, après ses séances quotidiennes de rééducation, renforcement musculaire et balnéothérapie dans un grand bassin où il retrouve la sensation de son corps. Il ne peut toujours pas marcher, la fabrication de sa prothèse est en cours. L'infirmière qui vient de lui donner à manger s'apprête à sortir de la chambre.

« Il fait beau, vous pouvez peut-être aller vous promener un peu devant l'hôpital avec lui ? »

Salomé est prise de court. Elle murmure une phrase, un « on verra », mais l'infirmière a déjà tourné les talons.

Salomé fixe le fauteuil roulant, qu'il n'utilise que très peu, relégué au fond de la chambre, puis regarde Andrew qui ne la quitte pas des yeux. Se souvient-il de leur histoire d'amour, de cette passion qui les consumait jusqu'à ce qu'il parte en Afghanistan ? Elle a mille questions à poser aux médecins. Elle attend beaucoup du rendez-vous convenu après sa visite.

Andrew ne parle plus.

Le constat est sans appel. Pas un mot prononcé depuis son réveil. À chaque opération, elle a pensé que son âme allait se réveiller, s'animer. Après l'amputation, après la greffe, après après après… Salomé pensait qu'elle ne pourrait s'empêcher de fixer la béance laissée dans le lit par l'absence de sa jambe droite. Or, c'est de sa bouche qu'elle ne peut se détacher. Elle en observe le moindre frémissement. Le mouvement de la pulpe de ses lèvres, l'apparence furtive de ses dents ou de sa langue. Elles bougent, mais aucun son ne sort de cette bouche qu'elle a pris tant de plaisir à embrasser. Elle se souvient de l'avoir regardée tant de fois, au détour d'un trajet en métro, le matin à leur réveil. Étant plus petite que lui, elle l'avait toujours en ligne de mire, juste au-dessus d'elle, lorsqu'elle se tournait vers lui. Cette bouche qui a si souvent posé un baiser sur son front, ses lèvres, son corps tout entier.

Elle s'approche pour l'embrasser... Mais sait-il seulement qui elle est ? Elle cherche désespérément un signe dans son regard. Et, depuis quelques jours, elle comprend qu'il sait.

Salomé s'assoit près de lui sur le lit, à la place laissée libre par sa jambe manquante. Elle le regarde et prend sa main droite, son bras gauche est toujours enfermé dans un plâtre. Elle sent la pression de ses doigts dans sa paume et la serre en retour. Elle lui sourit et ses yeux brillent. Elle se persuade qu'il ressent quelque chose en sa présence et que les larmes qui perlent au bord de ses yeux ne sont pas dues aux opiacées qui jonchent par dizaines la tablette collée à son lit. Le regarder la fait pleurer à son tour.

Alors qu'un rayon de soleil entre dans la chambre, Salomé appelle une infirmière pour qu'elle installe Andrew dans le fauteuil roulant et que, pour la première fois, elle puisse « marcher » avec lui. Fuir un instant cette chambre aseptisée et sentir l'air sur leurs visages. Avoir l'impression de reprendre un semblant de vie.

Elle observe les gestes de la soignante et se demande si, un jour, ce sera à elle de s'occuper d'Andrew, de porter une cuillère de nourriture à sa bouche, de le laver, de pousser son fauteuil. Ou s'il sera à nouveau debout, le corps vif et musclé, à son côté dans une rue de Paris ou de Washington. Quelle sera leur vie dans un mois ou dans un an ? Salomé ne trouve aucune réponse à ces questions. Elle a peur de ce qu'on pourrait lui annoncer. Alors elle reste dans cette zone de coton qu'elle s'est capitonnée pour ne pas souffrir.

« Vous voyez, ce n'est pas compliqué. Et pour monter sur le trottoir, vous devez basculer le fauteuil sur les roues arrière jusqu'à ce que les petites roues reposent sur le bitume. »

Salomé s'applique. Un infirmier en pause cigarette – qu'elle a déjà croisé – sourit à son passage. Elle a proposé à Andrew une balade au soleil, sur la grande esplanade devant l'hôpital. Elle se penche en avant pour être à la hauteur de sa tête et pouvoir lui parler au creux de l'oreille droite. Elle se lance et raconte le bonheur qu'elle éprouve depuis leur rencontre, les milliers de baisers, les moments qu'ils ont partagés et qui lui manquent aujourd'hui. Elle aime prononcer le mot « love » en anglais. Elle ne l'a pas dit depuis si longtemps. Mais elle ne souhaite pas insister sur leur vie d'avant, il en souffre certainement.

Le premier médecin qu'elle a vu après les opérations lui a assuré qu'Andrew entendait très bien ce qu'on lui disait et comprenait absolument tout ce qui se passait autour de lui. Salomé lui dit qu'elle est heureuse de le voir chaque jour. Elle n'arrive pas encore à imaginer la vie d'après.

Ils s'installent au soleil, ou plutôt elle s'assoit sur un banc et place le fauteuil tout près d'elle, alors qu'elle aimerait s'asseoir sur ses genoux et se couler contre lui. Elle se contente de lui tenir la main. Elle s'approche et dépose un baiser sur ses lèvres. Sa salive a un goût sucré. Andrew ne lui a pas rendu son baiser, il ferme les yeux, sans doute est-il heureux.

Elle se sent soudain coupable de raccompagner Andrew et son fauteuil dans sa chambre comme on déposerait un colis. Elle ne sait même pas comment le faire descendre de ce véhicule pour l'installer sur son lit, et elle ne souhaite pas l'apprendre. Apprendre reviendrait à accepter cette situation qui la révolte. Elle abandonne ces gestes aux professionnels, un moyen de laisser le handicap entre ces murs.

*

Après sa visite, Salomé s'installe dans l'alcôve réservée aux familles et attend que la psychologue la reçoive. Quiconque s'est un jour retrouvé dans ce type de salle d'attente au sein d'un hôpital sait à quel point chaque seconde qui passe amplifie l'angoisse qui vous noue les intestins.

« Bonjour, je suis la psychologue du service. Le médecin va vous recevoir, mais il a du retard, alors j'en profite pour vous dire que je suis à votre disposition. »

Les formules de politesse passées, Salomé se retrouve à évoquer sa peur, son incompréhension de l'accident, son angoisse concernant l'avenir d'Andrew. Elle enchaîne les mots à une vitesse vertigineuse pour être certaine d'aller au bout de ses phrases. Puis elle s'arrête net pour retenir ses larmes. Et le flot de tristesse qu'elle s'efforçait de contenir entre son cœur et sa gorge a trouvé un chemin pour s'échapper grâce à cette femme à la voix douce et au visage réconfortant. Salomé ne saurait lui donner d'âge. Elle pourrait être une amie ou même sa mère.

La psychologue lui tend un mouchoir en même temps qu'elle l'invite à se lever et à la suivre jusqu'au bureau du médecin-chef. Cette visite n’a rien d’impromptu, le rôle de cette psychologue est certainement de préparer le terrain pour que le message du médecin soit « entendu ». Celui-ci est clair : Andrew a plus que frôlé la mort, il l’a même embrassée. C’est un miracle qu’il soit en vie aujourd’hui. Après une dizaine d’opérations, il va devoir en subir une autre pour la prothèse de sa jambe droite. Commencera alors une nouvelle rééducation, qui lui permettra, à terme, de marcher.

L’homme qui se tient devant elle est un humaniste. Elle observe ses yeux doux derrière ses lunettes fines, son visage poupon et son crâne dégarni. Elle se dit que les patients qui croisent sa route ont beaucoup de chance. Il énonce des faits graves avec une présence si rassurante que rien ne semble irrémédiable.

« Je sais ce qui vous brûle les lèvres maintenant. Vous voulez savoir si votre amoureux retrouvera l’usage de la parole. »

Il fait une pause et rappelle à Salomé les circonstances de l’accident d’Andrew en Afghanistan. Le fait que trois de ses coéquipiers soient morts sous ses yeux.

« Votre ami a le syndrome du survivant. Il est victime d’un très grand stress post-traumatique. Il sait qui vous êtes et comprend tout ce que vous lui dites. Mais il a un blocage de la parole, comme s'il s'était muré à l'intérieur de lui-même. Nul ne sait quand il parlera à nouveau. Cela ne dépend que de lui. »

33

Ceux qui me voient passer sur la route étroite qui va de mon hameau au centre du village savent à mon allure s'ils doivent se ranger immédiatement sur le bas-côté pour éviter de me percuter ou s'ils peuvent continuer leur chemin et me croiser sans risque. Dans les deux cas, je leur fais un signe de la main. Les yeux aussi éclatants qu'un sourire et la cigarette à la bouche, même s'il n'en reste qu'un mégot. Je m'en amuse. Je file à toute bombe, comme le peu de temps qu'il me reste à vivre.

Au début des années soixante, je tente d'oublier la guerre. J'ai depuis longtemps enfoui mes blessures dans les vapeurs des verres d'alcool que je bois seul au bar-restaurant du village. Appuyé contre le comptoir, je fume du tabac gris que je roule maladroitement sous mes doigts brûlés par le ciment. Quand ils ne sont pas, l'hiver, rongés par les crevasses, que j'appelle en patois des « esclates » et que ma sœur me soigne. À mes pieds, une foultitude de filaments de tabac comme une mer de confettis sur le carrelage. Le jour où ma camionnette a fait une embardée sous la route, j'ai dû renoncer à me racheter une voiture pour me tourner vers une mobylette, comme quand j'avais vingt ans.

La maçonnerie m'occupe à plein temps. Ou plutôt je me donne à temps complet dans la construction de nouvelles maisons, la réfection du mur de l'école communale, les abords en pierre du temple protestant. J'ai embauché plusieurs apprentis, des jeunes du village à qui je transmets mon savoir-faire, notamment l'art de tailler la pierre. Je suis en concurrence avec un autre entrepreneur, Fasiolo, un Italien arrivé au début des années 1950, qui manie le béton avec une dextérité qu'on n'avait jamais vue dans la région. Mais à chacun sa spécialité. C'est quand même toujours moi qu'on appelle pour remonter à la main les murets ancestraux qui ont résisté à la guerre. J'y passe toutes mes journées jusqu'à la nuit tombée, je commence à travailler avec le soleil et je rentre chez moi avec la lune. Je dors encore chez mes parents. Le moment où j'ai voulu partir pour prendre mon indépendance a coïncidé avec la mort d'Armand, mon frère, parti en quelques mois d'un cancer de la gorge. « Mon frère boit », hurlais-je à ceux qui me disaient ne pas le reconnaître. Sans me rendre compte que j'étais en train de prendre le même chemin. L'alcool est une béquille qui remplace les mots, et le silence, un poison qui met quelquefois des années à se distiller dans un corps d'homme. Je me souviendrai longtemps du sol gelé et de la tombe de mon frère creusée à coups de mines.

Le dimanche est un autre jour, celui où le temps s'arrête. Je me lève tout aussi tôt pour rejoindre mes compagnons, avec qui je pars cueillir des champignons. Dans le sous-bois, je ne suis pas obligé de parler. J'aime passer des heures à entendre le frémissement d'une feuille frôlée par un faisan ou le craquement d'une branche heurtée par un sanglier. À découvrir la tête soyeuse d'un cèpe ou une multitude de girolles cachée sous les écorces. Je sens la douceur de la mousse des arbres entre mes phalanges et le parfum du chèvrefeuille.

La nuit m'appartient. Je me confie aux étoiles et pense à Blanche, comme au temps où j'étais prisonnier, au camp. Nous regardions ensemble la Grande Ourse ou l'étoile du Berger, celle qui nous a guidés d'année en année. Elle ne peut m'offrir son amour – ni avant ni depuis la disparition d'Edmond –, seulement son affection et sa tendresse, qu'elle met dans les petites attentions qu'elle distille à mon insu. Comme dans les collations qu'elle me prépare pour mes dimanches de cueillette et qu'elle glisse dans les sacoches de ma mobylette. C'est devenu un jeu entre nous. À la broderie du torchon qui entoure le pain, je sais quelle est son humeur du jour et ce qu'elle a voulu me dire. L'après-midi, elle me rejoint au club des boulistes. Je joue à la boule lyonnaise. Mais, le plus souvent, nous préférons partir à pied le long du cimetière, elle toute vêtue de noir, moi boitant à son côté, pour aller sur la tombe d'Edmond. Il serait sans doute heureux de voir notre lien qui perdure et le fait que je veille sur sa bien-aimée.

Nous avons, Edmond et moi, traversé la guerre ensemble, parcouru la France et l'Allemagne, et notre chemin s'est arrêté ici, dans ce village d'Ardèche, à quelques kilo-

mètres de celui où nous avons grandi. Il repose dans le petit cimetière familial, dans le champ, juste sous sa maison, à quelques pas des châtaigniers de son enfance. Une croix huguenote gravée sur sa pierre tombale.

Je me suis rapproché de ma cousine, propriétaire du bar-restaurant du village, qui me lave mon linge et me met une chambre à disposition en échange de quelques travaux. Une chambre que je n'utilise que le samedi soir, quand je ne suis pas en état de repartir parce que j'ai trop bu. Autant j'aime être seul dans mes bois, autant, moi qui n'ai pas eu d'enfant, j'aime la compagnie de mes apprentis et de leurs amis quand j'ai envie de noyer mes souvenirs dans un verre de gnole. Des jeunes que j'ai vus grandir et auprès de qui j'aime boire, fumer, et ne surtout pas parler. De toute façon, je n'entends plus que d'une oreille. Eux ne posent pas de questions, ni sur mon présent, ni encore moins sur mon passé. Je goûte l'instant, ayant appris dans ma vie qu'on ne sait jamais de quoi demain sera fait. Et quand certains me demandent de raconter la guerre, les combats, le camp, Edmond, la Résistance, les Allemands ou encore la faim, la peur, le froid, je me tais soudain.

Je me penche sur mon verre, lève la tête et le bras, l'alcool à la main, et mes yeux rieurs emplis de larmes parlent pour moi.

34

Le mail est arrivé dans sa boîte sans objet, mais Salomé a senti son cœur s'arrêter brusquement lorsqu'elle a vu le nom de son expéditeur : Michel Schlenker, du nom de la famille de Juifs autrichiens que son aïeul André a sauvée pendant la guerre au cours de l'été 1943 en Ardèche. Ses doigts tremblent sur la souris de son ordinateur. Salomé clique une fois et son regard s'arrête sur cette première phrase qu'elle répétera tant de fois à haute voix :

« Je suis bien le Michel Schlenker que vous cherchez. »

Celui qui lui écrit ce message est un homme à la retraite impatient de la rencontrer. Elle avait envoyé de nombreux mails en inventant des adresses, tous avec cet objet : « Ceci est une bouteille à la mer. » Plusieurs courriels lui étaient revenus, les adresses étaient fausses. Jusqu'à celui-ci.

Le Michel Schlenker qui lui écrit aujourd'hui est bien ce petit garçon de quatre ans, Juif autrichien ayant fui le sud de la France à l'arrivée des troupes allemandes, venu se cacher avec sa famille en Ardèche. C'est à André qu'il doit la vie, il ne l'a jamais oublié. C'est même lui, Michel, qui a fait les démarches, longtemps après la fin de la guerre et le temps que les blessures se referment, pour qu'il soit nommé Juste parmi les nations. Que son nom figure sur le mur des Justes au mémorial de la Shoah à Paris, mais surtout au mémorial de Yad Vashem à Jérusalem, et qu'un arbre à son nom soit planté sur le mont des Oliviers en Terre sainte.

Salomé reste sans voix. Son aïeul a pris des risques pour sauver ce petit garçon et sa famille et c'est aujourd'hui un homme vivant qui lui écrit, revenu d'un temps qu'elle avait enfoui aux confins de sa mémoire. Grâce à un coup de pouce du destin, après avoir hasardé une multitude d'adresses électroniques sans savoir laquelle serait la bonne. Et il y en eut une. La sienne.

Salomé lui répond aussitôt. Il désire lui présenter sa famille au plus vite. Le rendez-vous est pris au domicile du patriarche et de son épouse, en plein cœur de Paris. Cet homme qui a connu André à l'époque de la guerre vit dans la même ville. Ils auraient pu se croiser mille fois par hasard ou lors d'une conférence au Collège de France, où il fut professeur. Sans savoir qui ils étaient. Sans connaître ce lien secret si fort qui les reliait à travers le temps et à travers l'histoire d'André.

Sur le trajet, Salomé pense à son aïeul disparu quelques années plus tôt. D'un cancer, comme son frère Armand. Sans doute parce que lui aussi buvait plus que de raison. Mais peut-on lui en vouloir d'avoir trempé les mots qu'il ne pouvait dire dans l'alcool ? Les jeunes du canton raillaient souvent les canons de vin rouge qu'il vidait à leurs côtés, avant de s'éloigner sur sa Motoconfort bleue dont les sacoches, de part et d'autre, lui permettaient de garder l'équilibre. Et si ce breuvage lui avait permis de temps en temps d'oublier ? De noyer sa solitude et le souvenir de ses amis trop tôt disparus dans les vapeurs d'une liqueur qui dissipait un instant les horreurs qu'il avait traversées ?

Salomé avait connu André, mais jamais elle ne l'avait entendu raconter. Elle était trop jeune pour lui poser des questions et, à l'âge qu'elle avait, que savait-elle de son passé ? Pas grand-chose, mis à part le fait qu'il passait pour un homme secret ou rusé, selon le degré de connaissance qu'on avait de lui.

« André est notre héros, même si on sait bien qu'il n'aimait pas ce mot. Il ne se considérait pas comme un héros, ah ça, non. »

Un héros, André l'était pourtant pour la famille Schlenker.

Michel l'accueille les bras ouverts, comme si elle était un membre de leur famille. À son côté se tient son épouse. Il lui présente ensuite sa fille, Martine, et sa petite-fille, qui s'appelle… Salomé. La dernière génération de cette belle histoire porte donc le même prénom, clin d'œil de la vie.

Tous évoquent une étoile qui a traversé leur vie et leur a permis de survivre. Michel évoque l'arrivée d'André à la ferme, et les victuailles, essentiellement des pommes de terre et des châtaignes, qu'il leur apportait. Lui était un enfant de quatre ans, mais il s'en souvient comme si cela avait eu lieu la veille. Sa mère lui mettait une main sur la bouche à l'arrivée d'André afin que ses cris ou ses pleurs n'éveillent pas les soupçons allemands. Eva, sa sœur, âgée à l'époque d'une quinzaine d'années, ne peut être parmi eux ce jour, mais elle pense à eux. Et à lui, André, pour qui elle avait eu un béguin.

Plus de soixante-quinze ans plus tard, elle se souvient encore de son sourire.

35

La voiture de location l'attend sur le parking de la gare de Valence. Salomé n'en a pas terminé avec son histoire. Il lui reste une dernière étape à accomplir pour compléter le puzzle de son passé. Une fois qu'elle a traversé le Rhône par le pont de Granges, frontière naturelle entre la Drôme et l'Ardèche, elle se sent enfin chez elle. Elle pourrait conduire les yeux fermés et arriver à destination. Suivre la route rectiligne qui longe le fleuve, puis très vite prendre de la hauteur. Voir apparaître les châtaigniers, puis les pins. Sentir la route changer de visage, se tordre en virages sinueux. Dépasser les gros rochers prêts à dégringoler. Une fois arrivée tout en haut, au village de Saint-Michel-de-Chabrillanoux, elle se gare et coupe le moteur. Elle se retourne et observe le panorama. Un vent frais effleure ses lèvres et son cou.

Elle fait quelques pas pour rejoindre le petit cimetière sous l'école. Cette école où elle a passé plusieurs mois de son enfance. Salomé se tient devant la tombe d'André. Sobre. Voire austère. Pas de fleurs, mais une vue magnifique sur la vallée. Un arc-en-ciel presque entier dessine une couronne au-dessus de son champ de vision. Salomé hésite, puis se lance. Personne ne peut l'entendre de toute façon. Elle le remercie pour ce qu'il a accompli et lui raconte sa fierté et son admiration. Salomé est admirative de cet homme qui n'aima personne après Blanche et n'eut aucune descendance.

« Vous avez de la chance d'avoir dans votre famille un être aussi extraordinaire », lui avait écrit Eva Schlenker.

Oui, Salomé mesurait sa chance.

Elle dépose sur la pierre tombale un coquelicot couleur grenade dans le cœur du A d'André et quitte les lieux, remplie d'un sentiment de plénitude.

Elle se dépêche de sortir du cimetière, sa mère l'attend. Elle grimpe dans la voiture et se laisse porter jusqu'à la prochaine étape. C'est sa mère qui lui tient lieu de guide désormais.

La petite voiture file à folle allure. Salomé n'ose pas demander à sa mère de ralentir, car elle sait bien qu'elle a emprunté ces chemins toute sa vie et qu'elle les connaît par cœur. Mais cela ne l'empêche pas d'avoir peur à chaque fois que, dans un virage, le véhicule manque de toucher le parapet. Il leur a fallu une trentaine de minutes pour arriver au milieu de nulle part. Sa mère se gare dans un champ, on peut entendre les grandes herbes lécher la carcasse du véhicule. Elles sortent alors que le soleil commence à décliner sur l'horizon.

Sa mère lui demande de ne rien dire. Les deux hommes qu'elles s'apprêtent à rencontrer dans la ferme qu'elles devinent au loin la connaissent depuis qu'elle est toute petite. Elle leur parlera en patois, mais ne leur livrera pas l'objet de leur visite. Car, pour aller là où elles souhaitent se rendre, il faut traverser un bois qui est leur propriété. Sa mère est donc venue leur en demander l'autorisation. Salomé ne doit pas faire échouer leur mission.

Elles font le tour de la ferme, qui ne recèle aucune présence humaine. Des outils jonchent la terrasse extérieure. La porte est ouverte, elles entrent. La cuisine est dans la pénombre, tous les volets sont fermés, comme ils le sont les après-midi d'été à la campagne pour se protéger du soleil. Il n'y a personne ici, mais, alors qu'elles ressortent et s'apprêtent à repartir, un homme sort de la grange et referme une lourde porte en bois qu'il fait claquer. Salomé sursaute. Sa mère prend la parole en souriant et plaisante en patois. L'homme se déride. Il enlève sa casquette. Salomé observe ces mains ardéchoises qu'elle connaît si bien chez ceux qui travaillent la terre. Il leur fait signe d'entrer, mais la mère de Salomé décline l'invitation. Saisissant quelques bribes de patois, Salomé comprend qu'elle demande à l'homme si elle peut aller montrer à sa fille la vieille maison abandonnée.

Salomé entend le mot « André » quand un deuxième homme arrive. Le frère du premier. Sa mère lui confiera plus tard qu'ils vivent reclus et que personne ne les a vus au village depuis la mort de leurs parents il y a des années.

Elles ont obtenu le sésame et s'élancent dans la forêt. Il fait heureusement encore jour, mais plus elles avancent, plus la lumière décline. Il n'y a pas de chemin, mais sa mère connaît les lieux. Elles doivent plusieurs fois couper des genêts à mains nues pour pouvoir passer. Salomé sourit en voyant sa mère escalader des petits rochers et sauter par-dessus des troncs d'arbres.

Elle se dit que, pour une fois, elle oublie ses articulations qui la font souffrir, heureuse qu'elle est de conduire sa fille vers la clé de leur histoire.

Après avoir eu l'impression d'être descendue de l'autre côté de la vallée, tant leur itinéraire est en pente, elles arrivent soudain au milieu d'une clairière. Elles laissent sur le côté une petite maison qui semble habitée et s'avancent au fond du terrain, là où les arbres sont si serrés que la forêt semble hermétique à toute présence humaine. Au bout de cinq bonnes minutes, sa mère s'arrête et se tourne vers Salomé.

« C'est ici. »

C'est donc là qu'André avait caché la famille Schlenker.

Dans une ferme qui était en 1943 abandonnée et qui est aujourd'hui à l'état de ruine. Salomé s'avance et entre. Sans dire un mot. Des arbres ont poussé dans les pièces. Il n'y a plus ni toit ni fenêtre, mais les murs en pierre sont toujours debout. Quatre murs qui ont caché et sauvé une famille cernée par les Allemands. Une famille qui a survécu et traversé le siècle et peut aujourd'hui témoigner de son histoire. De l'Histoire avec un grand H. André a fait un choix héroïque. Mais, résister ou collaborer, comment savoir à l'époque dans quel camp vous emmenait le destin ? Avait-on réellement toujours le choix ?

Salomé prend quelques clichés de la ferme pour preuve de sa quête, de son histoire trop longtemps gardée secrète.

« Pourquoi ne m'as-tu jamais emmenée ici avant ?
– Parce que tu ne me l'as jamais demandé. »

En repartant, Salomé et sa mère repassent devant la petite maison au bout du terrain. Une femme met le couvert sur une grande table en bois qui a été sortie dans le jardin. Des rires d'enfants fusent près d'une balançoire. Salomé et sa mère les saluent. Elles se présentent, s'excusent d'avoir traversé leur propriété et expliquent la raison de leur visite au fond de la forêt. Un homme les a rejoints, certainement le mari de cette femme qui parle français avec un petit accent. Celle-ci écoute très sérieusement leur récit. Elle a bien sûr déjà vu cette ruine au fond de son bois, mais elle ignorait que cette bâtisse avait caché des Juifs pendant la guerre. Elle a acheté cette maison il y a plus de vingt ans, comme beaucoup d'étrangers qui sont tombés un jour amoureux de la campagne ardéchoise. Des Suisses, des Belges ou encore des Hollandais.

Elle regarde son mari et confie :

« Cette histoire est étonnante. Savoir que des Juifs ont été cachés ici. Nous ne l'avons jamais su ».

Elle se tourne vers Salomé et sa mère :

« Alors que nous sommes Allemands. »

36

Salomé est rentrée à Paris apaisée.

Elle a pris quelques jours loin de l'agitation de son travail à la télévision. Elle a besoin de prendre du recul. Elle ne veut pas changer de métier, sa passion est intacte. Témoigner chaque jour de la marche du monde, expliquer l'actualité, n'a jamais eu autant de sens. Elle souhaite se reposer, digérer les émotions que son voyage a suscitées et passer du temps aux côtés d'Andrew.

Salomé a présenté une pièce d'identité et se faufile dans le dédale des couloirs de l'hôpital Percy qu'elle commence à connaître par cœur. Elle croise des hommes et des femmes de tout âge. Et avec des blessures variées. Les plus apparentes sont les blessures physiques. Mais derrière ces traces sur les corps des soldats de retour de la guerre se cachent des blessures psychologiques abyssales.

Andrew l'attend avec un grand sourire dans sa nouvelle chambre, l'appartement thérapeutique dans lequel il va apprendre à vivre de façon autonome. Il est toujours mutique, mais Salomé comprend à son regard qu'il est fier de lui présenter sa nouvelle jambe. Une prothèse dernier cri que l'armée française a financée. Un membre de carbone qui lui permet de se tenir debout. Il fait quelques pas en sa direction. Salomé a les larmes aux yeux. Il fait volte-face et retourne s'asseoir sur son lit. Elle l'aide à s'allonger. Andrew fait un signe de tête en direction de la table de chevet, sur laquelle est posée une feuille de papier et un feutre mauve. Salomé s'exécute et lui apporte le matériel. Andrew s'applique et trace quelques lettres majuscules sur la feuille.

Il la retourne dans un grand sourire.

« Love you. »

Salomé s'approche pour déposer un baiser sur ses lèvres. Ses larmes transforment les traits d'encre en aquarelle. L'assaut qui a endommagé la jambe d'Andrew et une partie de son système nerveux a laissé des traces indélébiles dans son corps. Andrew a perdu l'usage de la parole et une partie de sa mémoire. Mais son regard, lui, n'a pas changé. C'est le même qu'elle a aimé en un clin d'œil un jour d'été dans un train pour Carthage. Elle s'allonge à ses côtés dans le lit médicalisé et ferme les yeux, espérant que leur histoire restera dans la mémoire collective. Qu'Andrew, comme André avant lui, n'a pas risqué sa vie pour rien.

La vie ne tient parfois qu'à quelques pépins de grenade.

Merci

Merci à Sophie de Closets, présidente-directrice générale des éditions Fayard, pour sa confiance. Merci d'avoir rendu cette aventure romanesque possible.

Merci à Damien Bergeret, mon formidable éditeur, qui a su m'accompagner avec bienveillance tout au long de l'écriture de ce roman.

Merci à Pauline Faure, mon attachée de presse devenue une amie, mais aussi à Jérôme Laissus, Katy Fenech, Pauline Duval, Laurent Bertail, Catherine Bourgey, Florian Madisclaire, Lucie Tisserand et toute l'équipe des éditions Fayard.

Merci à tous ceux qui ont facilité mon travail d'enquête et m'ont ouvert bien des portes afin que ce roman soit le plus juste possible :

Le général Rémi Macarez, médecin-chef et directeur de l'Hôpital d'instruction des armées Percy, les médecins Mathieu Boutonnet, chef du service de réanimation, et David Rogez, chef du service de médecine physique et réadaptation. Je les remercie pour leur accueil et le temps qu'ils m'ont consacré. Merci à Anastasia Seban et Sandrine Popotte.

Mais aussi Émilie Saussac, responsable du domaine fonds-archiviste en charge des communes aux archives de l'Ardèche, et Rémi Fourche, directeur du musée du Teil (Ardèche).

Michel Valla, maire de Privas (Ardèche), pour ses encouragements.

Christian Chapus pour ses précieux souvenirs d'André et les documents qu'il m'a fournis.

Pierre Richard et son épouse Renée pour m'avoir raconté André et pour leur précieux soutien.

Merci à Fabrice D'Almeida et Frédéric Sallée, historiens de grand talent, pour leur regard sur ce texte.

Je n'oublie pas ceux qui me font confiance depuis tant d'années dans ma vie professionnelle et en tout premier lieu Laurent Delahousse, mais aussi Jean-Michel Carpentier, Elsa Margout et la direction de France 2, ainsi que l'équipe de Magneto Presse, Serge Khalfon, Marc Berdugo,

Elfriede Leca. Merci à Camille Dahan et Claire Plantinet qui me supportent au quotidien.

Une pensée pour mes parents, qui m'ont donné très jeune le goût de la lecture et de l'écriture, Sylvie Bonnet et Jacques Briand, mes sœurs et leur famille, Samantha et Mohamed Sidibé, Ségolène et Thomas Guiller, Leïlina, Toumi, Kaaris, Pétra, Nour, Thésée et Adam.

À la mémoire de mon amie Alexandra Leyris.

Merci à mes amis et premiers lecteurs pour leur soutien, notamment Erwan L'Éléouet, Alain Ichou, Faustine Chevet, Caroline Bindel-Girard, Stéphanie Beydon, Nadia et Raji Gabriel, Audrey Savarit et Jérôme Pichon, Marie Kaiser, Olivier Casado, Tatiana et Georges Mallat, Anthony Gutowski, Valérie Abisror, Bénédite Deromedi, Jean-Christophe Galeazzi, Pierre Defendini.

Merci à mes amis écrivains inspirants pour leurs encouragements tout au long de l'écriture : Karine Tuil, Diane Mazloum, Jérôme Attal et Serge Joncour.

Merci à Jacques Favre pour son amitié et son balcon sur la mer, qui fut une merveilleuse résidence d'écriture l'été dernier à Marseille.

Merci à vous, chères lectrices et chers lecteurs, pour votre bienveillance, c'est grâce à vous que je continue à écrire. Merci pour vos mots si touchants.

Merci aux libraires, bibliothécaires et organisateurs de salons et rencontres littéraires pour votre si précieux soutien.

Merci à tous les lieux et personnages qui m'ont inspiré ce premier roman : Carthage, Paris, Washington, New York et l'Ardèche, si chère à mon cœur.

À celui qui m'a inspiré Andrew.

Et à André Chave, mon aïeul, qui, en 1943, en Ardèche, cacha et ravitailla une famille de Juifs autrichiens au péril de sa vie. Il fut nommé « Juste parmi les nations » en 1979. Son nom est inscrit au mémorial de la Shoah à Paris et à celui de Yad Vashem à Jérusalem.

Enfin, je remercie Dominique A de m'avoir autorisée à reproduire un extrait d'« Immortels », la chanson qu'il a écrite pour Alain Bashung.

Cet ouvrage a été imprimé en France par
CPI Brodard & Taupin
Avenue Rhin et Danube
72200 La Flèche (France)

pour le compte des Éditions Fayard
en avril 2022

Composition et mise en pages
Nord Compo à Villeneuve-d'Ascq

PAPIER À BASE DE
FIBRES CERTIFIÉES

Fayard s'engage pour
l'environnement en réduisant
l'empreinte carbone de ses livres.
Celle de cet exemplaire est de :
0,600 kg éq. CO_2
Rendez-vous sur
www.fayard-durable.fr

N° d'édition : 12-8222-5/01 - N° d'impression : 3047302